KB114588

내 귀에 해설이 들려 11

설경구 현대 판타지 소설

초판 1쇄 찍은 날 § 2021년 2월 18일
초판 1쇄 펴낸 날 § 2021년 2월 25일

지은이 § 설경구
펴낸이 § 서경석

총괄팀장 § 노종아
편집책임 § 강서희
디자인 § 소소연

펴낸곳 § 도서출판 청어람
등록번호 § 제387-1999-000006호
등록일자 § 1999. 5. 31
어람번호 § 제1-3118호

주소 § 경기도 부천시 부일로 483번길 40 서경B/D 3F (우) 14640
전화 § 032-656-4452 팩스 § 032-656-4453
http://www.chungeoram.com
E-mail § chungeorambook@daum.net

ISBN 979-11-04-92315-9 04810
ISBN 979-11-04-92190-2 (세트)

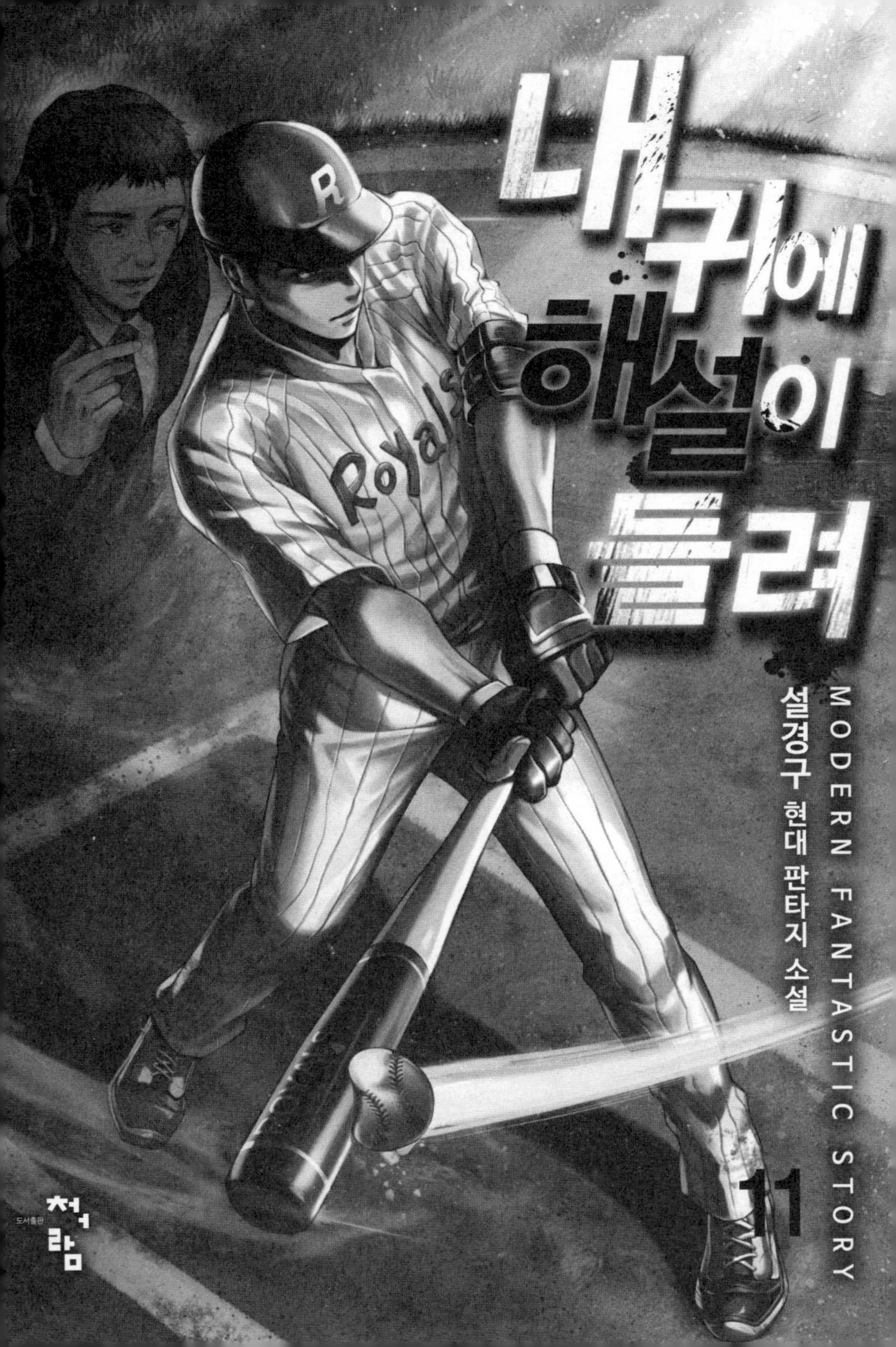
내 귀에 해설이 들려
설경구 현대 판타지 소설
MODERN FANTASTIC STORY
11
도서출판 청어람
Royals

내
귀에
해설이
들려

목차

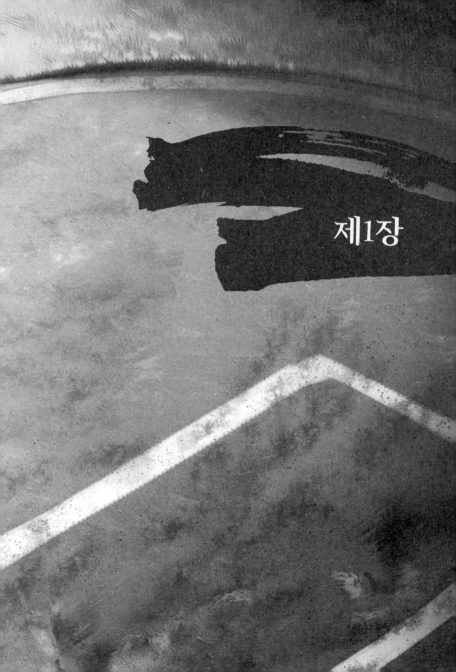

제1장

네이션 뷸러 VS 댈러스 카이클.

마이애미 말린스와 애틀랜타 브레이브스의 3연전 마지막 경기의 선발투수 매치업이었다. 그리고 이용운이 타석에서 너무 욕심을 내지 말라고 충고했던 이유는 애틀랜타 브레이브스가 내세운 선발투수가 댈러스 카이클이었기 때문이었다.

2차전 애틀랜타 브레이브스의 선발투수였던 데릭 롱고베리는 팀의 5선발 역할을 맡고 있었다.

반면 3차전 애틀랜타 브레이브스의 선발투수인 댈러스 카이클은 팀의 1선발 역할을 맡고 있었다.

애틀랜타 브레이브스의 에이스일 뿐만 아니라, 메이저리그 전체를 통틀어도 최정상급 선발투수였다.

게다가 뉴욕 메츠 소속 선수일 당시, 박건은 타석에서 타 구단의 1, 2선발들을 상대로 고전하는 모습을 드러냈었다.

이것이 이용운이 댈러스 카이클을 상대로 타석에서 너무 욕심을 내지 말라고 충고했던 진짜 이유.

박건이 그 충고를 속으로 되뇌며 대기타석으로 들어섰다.

*   *   *

원정팀 마이애미 말린스의 1회 초 공격.

리드오프로 첫 타석에 들어선 브라이언 마일스는 댈러스 카이클을 상대로 끈질긴 승부를 펼쳤다.

풀카운트에서 계속된 승부.

슈악.

댈러스 카이클이 7구째로 구사한 포크볼은 위력적이었다.

틱.

그러나 브라이언 마일스가 휘두른 배트 끝 부분에 살짝 닿으며 파울로 선언됐다.

슈아악.

댈러스 카이클이 던진 8구째 직구는 바깥쪽 스트라이크존 꽉 찬 코스로 파고들었다.

딱.

그렇지만 브라이언 마일스는 이번에도 배트를 휘둘러 커트해 내는 데 성공했다.

이어진 9구째 승부.

슈악.

댈러스 카이클이 선택한 구종은 커브였다.

직구 위주의 승부를 펼치던 댈러스 카이클이 결정구로 처음 구사한 커브에 브라이언 마일스는 당황하며 배트를 내밀지 못했다.

'완벽하게 당했네.'

대기타석에서 지켜보던 박건이 속으로 판단했을 때였다.

"볼넷."

바깥쪽 커브가 조금 낮았다고 판단했기 때문일까.

주심은 스트라이크 판정을 내리지 않았다.

9구까지 이어졌던 긴 승부 끝에 브라이언 마일스에게 볼넷을 허용한 댈러스 카이클이 주심의 볼 판정에 불만을 드러냈다.

반면 꼼짝없이 삼진을 당했다고 판단하고 있다가 볼넷을 얻어 출루에 성공한 브라이언 마일스는 기쁜 기색을 감추지 못하고 있었다.

싱글벙글 웃고 있는 브라이언 마일스를 확인한 박건이 픽 하고 실소를 터뜨리며 속으로 생각했다.

'목표를 달성했으니까.'

과정이 어떠했던 간에 결과적으로 브라이언 마일스는 댈러스 카이클을 상대로 첫 타석에서 볼넷을 얻어내며 출루에 성공했다.

게다가 결과뿐만 아니라 과정도 나쁘지 않았다.

타석에서 9구까지 승부를 끌고 가면서 댈러스 카이클의 투구 수를 많이 늘리며 그의 심기를 건드리는 데 성공했으니까.

'기회는 왔다.'

타석으로 들어서던 박건이 두 눈을 빛냈다.

경기 전 이용운은 오늘 경기 타석에서 너무 욕심을 내지 말라고 충고했다.

원래라면 박건도 그럴 생각이었다.

그러나 그때와는 상황이 바뀌었기 때문에 자연스레 욕심이 생겼다.

'바깥쪽 커브.'

댈러스 카이클이 자신을 상대로 초구로 던질 공의 구종이 예상이 됐다.

조금 전 브라이언 마일스를 상대하는 과정에서 댈러스 카이클은 9구째로 회심의 결정구였던 바깥쪽 커브를 구사했다.

그러나 주심에게서 커브가 볼 판정을 받은 것에 불만을 품었다.

'승부욕이 누구 못지않게 강한 댈러스 카이클이라면?'

또 한 번 비슷한 코스에 같은 구종의 공을 던질 가능성이 높왔다.

경기 초반에 주심과 기 싸움을 펼치기 위해서였다.

'노리자.'

거기까지 생각이 미친 순간, 욕심이 생긴 박건이 타석에서 잔뜩 웅크렸다.

슈악.

그리고 댈러스 카이클이 초구를 던진 순간, 박건이 힘껏 배트를 휘둘렀다.

*   *   *

0—0.

0의 균형이 이뤄진 채 경기는 후반으로 접어들었다.

"지금까지는… 그리 나쁘지 않아."

공수 교대가 이루어지고 있는 그라운드로 시선을 고정한 채 잭 대니얼스가 혼잣말을 꺼냈다.

댈러스 카이클과 선발 맞대결을 펼치고 있는 네이션 불러는 나름 호투를 펼치고 있었다.

비록 댈러스 카이클처럼 타자들을 압도하는 피칭은 아니었지만, 빼어난 위기관리 능력을 선보이며 6회 초까지 무실점 투구를 펼쳤다.

"최소 2실점은 막았어."

6회 초에 찾아온 1사 1, 2루의 위기를 병살플레이를 유도해 내며 넘기고 더그아웃으로 돌아오는 네이션 불러의 표정은 밝았다.

그리고 네이션 불러의 표정이 밝은 이유는 자신의 투구가 마음에 들기 때문이리라.

그렇지만 그 이유가 다가 아니었다.

잭 대니얼스가 판단하기에 트레이드 이후 달라진 마이애미 말린스의 수비력이 무척 마음에 들기 때문일 것이었다.

"피터 알론소가 기록한 보살, 그리고 폴 바셋이 안타성 타구를 막아내며 실점 허용을 막아낸 것이 만족스러울 거야."

만족감을 표하는 것은 네이션 불러만이 아니었다.

트레이드를 통해서 새로이 마이애미 말린스에 합류한 네 선수가 공수에서 펼치는 활약으로 인해 가장 만족해할 사람은 조 매팅리 감독이었다.

─공격 야구는 팬들을 즐겁게 하고, 수비 야구는 감독을 즐겁게 한다.

이런 말이 괜히 생긴 것이 아니었다.

박건을 포함한 네 선수가 새로 합류한 후, 허술하던 마이애미 말린스의 수비는 견고하게 변했다.

이전과 달리 어이없는 실책들을 범하면서 자멸하지 않는 것만으로도 조 매팅리 감독은 만족할 것이었다.

물론 잭 대니얼스도 네 선수가 새로 합류한 후 달라진 마이애미 말린스를 보면서 흡족한 마음이 드는 것은 사실이었다.

그러나 조 매팅리 감독과 자신의 입장은 또 달랐다.

조 매팅리 감독은 현장의 책임자.

그에게 가장 중요한 것은 팀의 성적이었다.

반면 잭 대니얼스는 프런트의 수장이었다.

팀 성적도 중요했지만, 그 외에도 고려해야 할 부분들이 많았다.

―가뜩이나 없는 살림, 완전히 들어먹었구만.

―잭 스튜어트와 브라이언 모란이 없으면 7회와 8회는 대체 누가 마운드에 올라가서 막는단 말인가?

―벌써 올 시즌을 포기한 건가?

―상품권 주고 복권을 받아 오는 잭 대니얼스 단장 클라스.

―도박 중독자 잭 대니얼스 단장의 사임을 요구합니다.

마이애미 말린스와 뉴욕 메츠가 2 대 4 트레이드에 합의하고 발표가 나간 후, 마이애미 말린스 팬들은 거센 비난 여론을 쏟아냈다.

자신을 향해 쏟아지고 있는 비난 여론을 확인한 후, 잭 대니얼스는 무척 당황했다.

'마이애미 말린스가 이번 트레이드의 승자다.'

잭 대니얼스는 트레이드가 확정된 후 이렇게 확신했었는데, 팬들의 의견은 전혀 달랐기 때문이었다. 그리고 메이저리그 구단 단장은 절대 팬들을 외면해서는 안 됐다.

더 많은 팬들이 경기장으로 찾아오게 만드는 것 역시 단장의 역할 가운데 가장 중요한 부분 중 하나였기 때문이었다.

"일단은… 여론을 돌려야 해."

트레이드에 관한 팬들의 비난 여론을 잠재울 수 있는 가장 좋은 방법은 뭐니 뭐니 해도 성적이었다.

트레이드 단행 후에 마이애미 말린스의 성적이 급상승한다면?

팬들의 비난 여론은 언제 그랬냐는 듯 흔적도 없이 사라질 터였다.

그러나 문제는 마이애미 말린스의 객관적인 전력이 워낙 떨어지는 탓에 성적 반등을 확신할 수 없다는 것에 있었다.

엔진과 문짝, 타이어까지 싹 수리한 덕분에 마이애미 말린스라는 스포츠카는 레이싱 경주에 참가할 수 있는 자격을 얻었다.

그러나 이미 신형 스포츠카를 타고 레이싱 경주에 임하고 있는 타 구단과의 경쟁에서 승리하는 것.

결코 쉽지 않은 일이었다.

"이미… 달라졌어."

치열한 승부가 펼쳐지는 그라운드를 응시하던 잭 대니얼스의 눈빛이 깊어졌다.

트레이드를 통해 마이애미 말린스로 새로이 합류한 네 선수는 이제 고작 두 번째 경기를 치르고 있었다.

그렇지만 잭 대니얼스는 이들이 합류한 후 마이애미 말린스라는 팀이 달라졌다는 것을 이미 깨달을 수 있었다.

다행히 좋은 방향으로 달라졌다는 사실도.

그렇지만 단장인 잭 대니얼스가 바라보는 시선과 팬들이 바라보는 시선은 또 달랐다.

아직까지 마이애미 말린스라는 팀이 트레이드 단행 후 좋은 방향으로 달라졌다는 사실을 알아채지 못했을 가능성이 높았다.

*　　　　*　　　　*

"결국… 공격력이야."

잭 대니얼스가 판단하기에 네 선수가 마이애미 말린스에 새로이 합류한 후, 가장 좋아진 부분은 수비였다.

허술하던 내외야 수비가 안정감을 찾은 것은 물론이고, 기존에 보기 힘들었던 호수비도 종종 나오고 있었다.

선발투수로 출전한 네이션 불러가 오늘 경기에서 무실점 호투를 펼치고 있는 데는 이런 수비의 도움이 컸다.

그러나 수비력은 주목받기 힘들었다.

네 선수가 새로이 합류한 후 마이애미 말린스가 달라졌다는 사실을 팬들이 피부로 느끼게 만들기 위해서는 좀 더 주목받기 쉬운 공격에서의 역할이 중요했다.

"아쉬워."

그래서 잭 대니얼스는 1회 말 박건의 타석이 더욱 아쉽게 느껴졌다.

리드오프 임무를 부여받은 브라이언 마일스는 댈러스 카이클을 상대로 긴 승부 끝에 볼넷을 얻어내 출루에 성공했다. 그리고 무사 1루 상황에서 타석에 들어섰던 박건은 댈러스 카이클의 초구를 공략했다.

최소 진루타 이상을 쳐주기를 바랐는데.

박건의 타구는 병살타로 연결되면서 찬스가 무산됐다.

"잘 맞은 타구였는데."

그로 인해 잭 대니얼스가 아쉬움을 곱씹고 있을 때, 마이애미 말린스의 6회 말 공격이 시작됐다.

6회 말의 선두타자는 8번 타자 피터 알론소.

그리고 피터 알론소는 댈러스 카이클의 초구를 노렸다.

슈악.

딱.

빗맞은 땅볼타구였지만, 타구의 코스가 좋았다.

끝까지 타구를 쫓아간 애틀랜타 브레이브스의 유격수가 역동작으로 타구를 잡아낸 후, 노스텝으로 1루로 송구했다.

원바운드 송구의 방향은 정확했다.

그렇지만 피터 알론소는 발이 빠른 편이었다.

전력 질주를 한 피터 알론소의 발이 베이스에 닿는 것이 1루수의 글러브에 송구가 들어오는 것보다 빨랐다.

"세이프."

무사 1루가 된 순간 타석에 들어선 것은 네이션 불러였다.

"대타자를… 기용하지 못하는군."

조 매팅리 감독은 대타자를 기용하는 대신 선발투수인 네이션 불러를 그대로 타석에 내보냈다.

'트레이드의 여파.'

조 매팅리 감독이 내린 선택을 확인한 후 잭 대니얼스가 퍼뜩 떠올린 생각이었다.

애틀랜타 브레이브스 팀의 에이스답게 댈러스 카이클은 지금까지 훌륭한 피칭을 선보이고 있었다.

앞으로도 득점 기회는 많지 않을 터.

그래서 6회 말의 선두타자인 피터 알론소가 내야안타로 출루에 성공한 이번 기회를 살려내며 선취점을 올려야 했다.

'오늘 경기의 승부처.'

조 매팅리 감독도 지금이 오늘 경기의 승부처란 사실을 모를 리 없었다.

그럼에도 불구하고 그는 득점을 만들어내기 위해서 대타자를 기용하는 대신 투수인 네이션 뷸러를 타석에 그대로 내보냈다.

잭 스튜어트와 브라이언 모란이 트레이드로 팀 전력에서 이탈한 상황.

7회와 8회.

경기 후반부 두 이닝을 믿고 맡길 수 있는 필승조들이 사라진 터라, 무실점 호투를 이어나가고 있는 네이션 뷸러에게 더 많은 이닝을 맡겨야 한다.

머릿속으로 이런 계산을 했기 때문이었다.

"희생번트를 성공시켜야 할 텐데."

예상대로 조 매팅리 감독은 네이션 뷸러에게 희생번트를 지시했다. 그러나 네이션 뷸러는 희생번트를 성공시키지 못했다.

슈아악.

틱.

네이션 뷸러가 배트에 갖다 맞춘 번트 타구는 공중에 떠올랐고, 포수가 손쉽게 잡아내면서 아까운 아웃카운트만 하나 올라갔다.

1사 1루로 변한 상황.

타석에 들어선 브라이언 마일스도 댈러스 카이클 공략에 실패했다.

슈악.

부웅.

1볼 2스트라이크 상황에서 낙차 큰 커브에 헛스윙 삼진으로 물러났다.

금세 아웃카운트가 늘어나면서 2사 주자 1루로 상황이 바뀌었다. 그리고 타석에 박건이 들어선 순간, 잭 대니얼스가 두 눈을 빛내며 혼잣말을 꺼냈다.

"자네 역할이 중요해."

＊　　　　＊　　　　＊

'왜… 안 되지?'

오늘 경기 세 번째 타석에 들어서기 전, 박건이 답답한 표정으로 한숨을 내쉬었다.

이용운의 진단처럼 타격감은 분명히 좋았다.

그렇지만 오늘 경기에서 댈러스 카이클을 상대했던 두 타석에서 박건이 받아 든 성적은 낙제점이었다.

첫 타석에서는 병살타, 두 번째 타석에서는 삼진으로 물러났으니까.

'안 되는 건가?'

그러지 않으려고 해도 자꾸 좌절감이 느껴졌다.

뉴욕 메츠 소속 선수일 당시 박건은 다른 팀의 1, 2선발을 맡고 있는 투수들을 상대할 때 줄곧 어려움을 겪었었다.

그리고 댈러스 카이클 역시 애틀랜타 브레이브스의 1선발투수.

각 팀의 에이스급 투수들을 상대로는 여전히 타석에서 좋은 결과를 만들어내지 못한다는 것이 박건의 가슴을 답답하게, 또 초조하게 만드는 것이었다.

그때였다.

"타구의 질은 나쁘지 않았다."

"……?"

"다만 운이 없었을 뿐이다."

이용운이 말했다.

"첫 타석을 말씀하시는 겁니까?"

"그래."

"하지만…….."

"말 그대로 결과가 나빴을 뿐이다. 그리고 병살타라는 최악의 결과가 나온 건 후배가 아니라 브라이언 마일스의 책임이 더 컸다."

틀린 지적은 아니었다.

첫 타석에서 박건은 댈러스 카이클의 초구를 공략했다.

배트 중심에 맞은 땅볼타구는 코스도 좋았다.

그래서 투수의 곁을 스치고 지나간 후 외야로 빠져나가는 중 전안타가 될 거라고 기대했었는데.

땅볼타구는 외야로 빠져나가지 못했다.

애틀랜타 브레이브스의 2루수가 불쑥 나타나서 땅볼타구를 처리했기 때문이었다. 그리고 2루수가 하필 그 위치에 서 있었던 이유는… 댈러스 카이클이 초구를 던질 때 1루 주자였던 브라이언 마일스가 스타트를 끊었기 때문이었다.

브라이언 마일스가 도루를 시도한다고 판단한 애틀랜타 브레이브스 2루수는 빠르게 2루 베이스커버에 들어갔고, 마침 그 방향으로 박건의 땅볼타구가 향했기 때문에 병살타가 됐던 것이었다.

만약 브라이언 마일스가 하필 그때 도루 시도를 하지 않았다면, 박건의 타구는 중전안타가 됐으리라.

"이건 어쩔 수 없다. 조직력이 생기려면 시간이 걸릴 수밖에 없으니까. 그리고… 내 충고를 잊지 마라."

'충고라면……'

이용운이 했던 충고는 두 가지.

'하던 대로 해라'와 '댈러스 카이클을 상대로 과욕을 부리지 말라'였다.

그렇지만 박건은 오늘 경기 첫 타석에서 그 충고를 따르지 못했다.

지금까지 해왔던 대로 수 싸움을 대충 했어야 하는데 바깥쪽 커브가 들어올 거라는 확신을 가졌다.

그러다 보니 욕심이 생겼다.

'바깥쪽 커브를 제대로 노려 쳐서 장타를 때리자.'

이런 욕심이 생기자 자연스레 스윙이 커졌다.

게다가 확신을 가졌던 수 싸움마저 빗나갔다.

댈러스 카이클이 초구로 던졌던 구종은 바깥쪽 커브가 아니라 바깥쪽 슬라이더였으니까.

그로 인해 장타를 만들어내는 데 실패했었다.

'이번에는 충고를 따르자.'

오늘 경기 세 번째 타석에 들어선 박건이 가장 먼저 살핀 것은 1루 주자 피터 알론소의 움직임이었다.

브라이언 마일스만큼은 아니었지만, 피터 알론소 역시 발이 빠른 편이었다.

2사 후인 만큼, 도루를 시도할 가능성은 충분했다.

'리드 폭이 크다.'

예상대로 피터 알론소의 리드 폭은 큰 편이었다. 그리고 1루 주자 피터 알론소의 리드 폭이 크다는 사실을 간파한 것은 박건만이 아니었다.

쐐액.

댈러스 카이클 역시 1루 주자인 피터 알론소의 리드 폭이 크다는 것을 알아채고 견제구를 던졌다.

'직구를… 노린다.'

여전히 0의 행진이 이어지고 있는 상황.

경기가 후반으로 접어들고 있는 만큼 어느 팀이 먼저 선취점을 올리는가 여부는 무척 중요했다.

댈러스 카이클 입장에서는 득점권에 주자를 내보내는 것을 허용하고 싶지 않을 터.

그런 만큼 피터 알론소의 도루 시도를 의식할 수밖에 없었다.

이것이 박건이 댈러스 카이클이 직구를 구사할 확률이 높다고 판단한 이유였다.

박건이 수 싸움을 마친 후, 타격자세를 취했다. 그리고 댈러스 카이클이 초구를 던진 순간, 박건이 두 눈을 빛냈다.

슈아악.

'바깥쪽 직구.'

따악.

수 싸움이 적중한 상황.

그렇지만 박건은 이용운의 충고대로 욕심을 내는 대신 가볍게 배트를 휘둘렀다.

타다닷.

배트를 던지고 1루로 내달리면서 박건이 타구의 궤적을 살폈다.

애틀랜타 브레이브스의 좌익수가 빙글 몸을 돌려 타구를 쫓기 시작했다.

'넘겨라. 넘겨라.'

방금 때린 타구가 좌익수의 키를 넘기기를 내심 바라면서 박건이 달리던 속도를 끌어 올렸다.

팟.

1루 베이스를 통과해서 2루 베이스를 향해 달려가고 있을 때, 박건을 대신해서 타구의 궤적과 수비 상황을 주시하고 있던 이용운이 말했다.

"넘겼다."

'넘겼구나.'

그 이야기를 들은 박건이 반색했다.

자신이 때려낸 타구가 좌익수의 키를 넘겼다는 소식을 듣고 일단 안도했던 박건이 재빨리 다시 물었다.

"수비 상황은요?"

이용운이 건네주는 정보에 따라 2루에서 멈출지, 3루까지 노릴지를 결정해야 했기 때문이었다.

"넘어갔다니까."

"그러니까……."

"펜스를 넘겼다."

"네?"

"홈런이라고."

'응? 그 타구가 좌익수의 키를 넘긴 게 아니라 펜스를 넘겼다고?'

비로소 방금 전에 자신이 때려냈던 타구가 투런홈런이 됐다는 사실을 알게 된 박건이 달리던 속도를 줄였다.

그런 박건이 의아한 표정을 지었다.

배트 중심에 맞추긴 했지만 가볍게 휘둘렀던 스윙이었다.

그래서 홈런이 될 것이라고는 전혀 예상치 못했었기 때문이었다.

"어떻게……?"

"어떻게 넘어갔느냐가 중요한 게 아니다. 지금은 후배의 타구가 홈런이 됐다는 사실이 중요하다."

이용운의 말대로였다.

박건이 때려낸 타구가 투런홈런이 되면서 마이애미 말린스가 경기 후반에 두 점의 리드를 얻었다는 사실이 중요했다.

그때, 이용운이 덧붙였다.

"이제 두 점의 리드를 지킬 수 있는가 여부가 중요해졌다."

*　　　　*　　　　*

"그래. 이거지."

박건이 댈러스 카이클을 상대로 투런홈런을 빼앗아낸 순간 잭 대니얼스가 두 주먹을 불끈 쥐었다.

6회 말 공격의 선두타자였던 피터 알론소가 내야안타로 출루했지만, 후속 타자들은 진루타를 때려내지 못했다.

무사 1루 상황에서 2사 1루로 상황이 바뀌었을 때 잭 대니얼스는 잔뜩 긴장했다.

어렵게 잡은 찬스를 살리지 못하고 허무하게 무산시킨다면, 경기 분위기가 애틀랜타 브레이브스로 넘어갈 확률이 높았기 때문이었다.

그래서 2사 1루 상황에서 타석에 들어섰던 박건의 역할이 아주 중요했는데.

박건은 자신의 기대를 저버리지 않았다.

가장 중요한 순간, 또 가장 필요한 순간에 무려 댈러스 카이클을 상대로 투런홈런을 빼앗아내며 마이애미 말린스에 리드를 안겼다.

그로 인해 한껏 달아올랐던 잭 대니얼스의 가슴은 얼마 지나지 않아서 다시 차갑게 식어버렸다.

*　　　　*　　　　*

7회 초 애틀랜타 브레이브스의 공격.

1사 주자 없는 상황에서 타석에 들어선 로날드 아쿠냐 주니어는 풀카운트 승부 끝에 네이션 불러의 6구째 직구를 공략했다.

슈아악.

따악.

몸쪽 높은 코스의 스트라이크존에 걸친 슬라이더를 제대로 노려 친 로날드 아쿠냐 주니어의 타구.

맞는 순간 홈런이 될 것을 직감할 수 있을 정도로 잘 맞았다. 그리고 예상대로 로날드 아쿠냐 주니어의 타구는 좌측 펜스를 훌쩍 넘기고 외야 관중석 하단에 떨어졌다.

2─1.

두 점의 리드가 한 점으로 줄어든 순간, 잭 대니얼스는 불안해졌다.

'여기서 막아줬으면 좋겠는데.'

네이션 불러가 여기서 더 실점하지 않고 7회 초를 마무리해주길 바랐지만, 경기는 잭 대니얼스의 바람대로 흘러가지 않았다.

슈아악.

따악.

애틀랜타 브레이브스의 5번 타자 찰리 컬버슨은 네이션 불러의 직구를 가볍게 받아 쳐 깔끔한 중전안타를 뺏어냈다.

'구위가 떨어졌어. 교체 타이밍.'

선발투수인 네이션 불러로 더 끌고 가는 것은 무리라고 잭 대니얼스가 판단했지만, 조 매팅리 감독은 더그아웃에서 빠져나오지 않았다.

네이션 불러로 계속 경기를 끌고 가는 선택을 내렸다.

"미련이야."

잭 대니얼스가 불안한 기색을 감추지 못한 채 입을 뗐다.

이미 지친 기색이 역력한 네이션 불러에게 계속 마운드를 지키게 하는 것.

너무 위험한 결정이었다.

그렇지만 한편으론 조 매팅리 감독이 이런 위험한 결정을 내린 것이 이해가 갔다.

팀의 필승조인 잭 스튜어트와 브라이언 모란이 한꺼번에 전력에서 이탈한 상황.

네이션 불러를 지금 강판시키고 나면 남은 두 이닝을 믿고 맡길 투수가 없기 때문에 계속 미련을 갖는 것이었다. 그리고 결과적으로 조 매팅리 감독의 결정은 악수(惡手)가 됐다.

슈악.

"볼넷."

네이션 불러가 6번 타자 닉 마카킨스에게 볼넷을 허용했기 때문이었다.

1사 1, 2루로 상황이 바뀌고 나서야 조 매팅리 감독이 더그아웃을 빠져나와 마운드로 걸어 올라갔다.

네이션 불러를 강판시키는 결정을 내린 조 매팅리 감독이 마운드에 올린 것은 타이론 게레로였다.

"선택의 여지가 없었을 거야."

잭 대니얼스도 조 매팅리 감독이 타이론 게레로를 마운드에 올릴 것을 예상하고 있었기에 놀랍지는 않았다.

다만 아쉬운 것은 교체 타이밍이었다.

"한 박자 더 빨랐으면 좋았을 것을."

아쉬움을 곱씹던 잭 대니얼스가 한숨을 내쉬었다.

만약 7회 초에 찾아온 실점 위기에서 동점 내지 역전을 허용한다면?

팬들은 트레이드를 통해 뉴욕 메츠로 이적한 잭 대니얼스와 브라이언 모란의 부재 때문이라고 판단할 가능성이 높았다. 그리고 결국 경기에서 패하게 되면 더 거센 비난을 퍼부을 터였다.

이번 트레이드를 통해 마이애미 말린스로 이적한 박건이 투런홈런을 때려내서 리드를 잡았다는 사실쯤은 까맣게 잊은 채 말이었다.

"그게 팬들의 습성이지."

잭 대니얼스가 초조한 기색을 감추지 못하고 있을 때, 연습투구를 마친 타이론 게레로가 7번 타자 앤디 인시아테를 상대하기 시작했다. 그리고 앤디 인시아테는 바뀐 투수의 초구를 노리라는 야구계 격언을 충실히 따랐다.

슈악.

볼카운트를 유리하게 끌고 가기 위해서 타이론 게레로가 던진 초구 커브는 가운데로 몰렸다.

앤디 인시아테는 가운데로 몰린 커브를 놓치지 않고 받아 쳤다.

따악.

경쾌한 타격음이 흘러나온 순간, 잭 대니얼스가 표정을 굳혔다.

"막아."

유격수인 폴 바셋이 몸을 던지며 필사적으로 타구를 막아내려 했지만, 역부족이었다.

폴 바셋이 쭉 뻗은 글러브는 미치지 못했고, 타구는 외야로 빠져나갔다.

'동점을 허용했어.'

가장 우려하고 있었던 상황이 벌어졌음을 직감한 잭 대니얼스의 몸에서 힘이 빠져나갔다.

2루 주자 찰리 컬버슨이 3루 베이스를 통과해서 망설이지 않고 홈으로 내달리는 모습을 잭 대니얼스가 망연자실 바라보고 있을 때였다.

쉬이익.

찰리 컬버슨의 뒤편에서 하얀색 공이 날아들었다.

그 하얀색 공은 빠른 속도로 날아와 찰리 컬버슨을 추월한 후 포수인 브라이언 할리데이가 들어 올리고 있던 글러브 속으로 정확하게 파고들었다.

"아웃."

홈승부를 유심히 살피던 주심이 아웃을 선언한 순간, 브라이언 할리데이가 벌떡 몸을 일으킨 후 3루로 공을 던졌다. 그리고 3루수 닐 워커는 홈승부가 펼쳐지는 사이 3루를 노리던 닉 마카킨스의 어깨를 태그했다.

"아웃."

3루심이 아웃 선언을 하는 것을 확인한 잭 스튜어트가 안도의 한숨을 길게 내쉬었다.

"실점하지 않고… 이닝을 마무리했다."

앤디 인시아테가 바뀐 투수 타이론 게레로의 초구를 공략해서 좌전 안타를 만들어냈을 때만 해도 최소 동점을 허용했다고 판단했다. 그러나 박건의 보살로 인해 동점을 허용하는 것을 막아낼 수 있었다.

그리고 그것으로 끝이 아니었다.

경기에 대한 집중력을 끝까지 유지하고 있던 포수 브라이언 할리데이가 3루로 송구해 주자를 잡아내면서 순식간에 두 개의 아웃카운트를 잡아내며 마이애미 말린스는 실점 없이 이닝을 마무리할 수 있었다.

그 일련의 과정을 지켜보던 잭 대니얼스가 떠올린 것은 '이가 없으면 잇몸으로 버틴다'는 속담이었다.

잭 스튜어트와 브라이언 모란.

두 선수가 전력에서 이탈하면서 마이애미 말린스는 경기 후반 필승조 운영에 어려움을 겪기 시작했다.

그러나 기존과 달라진 수비의 힘으로 어떻게든 실점을 허용하지 않고 꾸역꾸역 버텨낸 셈이었다.

"조금만 더 버텨내라."

잭 대니얼스가 간절한 바람을 담아 혼잣말을 꺼냈다.

　　　　　*　　　　　*　　　　　*

최종 스코어 2—1.

양 팀의 3연전 마지막 경기에서 마이애미 말린스는 애틀랜타 브레이브스를 상대로 한 점 차의 신승을 거두면서 위닝시리즈를 거두는 데 성공했다.

"간신히 이겼네요."

박건이 밝힌 경기 소감대로였다.

마이애미 말린스는 간신히 한 점 차의 리드를 지켜내며 어렵게 승리를 거두었다.

8회 초에도 마운드에 오른 타이론 게레로는 제구 불안을 노출하면서 1사 1, 2루의 위기에 처했었다. 그리고 1사 1, 2루 상황에서 타석에 들어선 2번 타자 조쉬 도날드슨의 타구는 코스가 좋았다.

우중간을 반으로 가르는 최소 2루타 코스.

그러나 결정적인 순간에 피터 알론소의 기막힌 호수비가 나왔다.

피터 알론소가 끝까지 타구를 쫓아가서 슬라이딩캐치에 성공하면서 극적으로 실점 위기를 넘길 수 있었다. 그리고 2사 1, 3루로 상황이 바뀌자 조 매팅리 감독은 팀의 클로저인 브래들리 쿡을 마운드에 올렸다.

조 매팅리 감독이 9회 이전에 클로저 브래들리 쿡을 마운드에 올린 것.

이번이 올 시즌 처음이었다.

그러나 이용운은 조 매팅리 감독이 내린 선택을 이해했다.

잭 스튜어트와 브라이언 모란이 없는 상황에서 팀의 클로저 브래들리 쿡을 일찍 마운드에 올리는 것은 조 매팅리 감독 입장에서는 고육지책이었으리라.

"중요한 건 이겼다는 거다."

잠시 후, 이용운이 말했다.

잭 스튜어트와 브라이언 모란이 트레이드로 팀을 떠나면서 마이애미 말린스의 얇아진 필승조는 분명 어떤 해결책이 필요했다. 그러나 해결책을 마련하는 데는 시간이 필요했다.

지금은 이가 없으면 잇몸으로 버텨내야 할 때였다. 그리고 이용운이 판단하는 잇몸은 수비의 힘이었다.

오늘 경기에서 마이애미 말린스는 경기 후반 여러 차례 동점 내지 역전을 허용할 위기에 처했었다.

그럼에도 불구하고 끝내 한 점 차의 리드를 지켜내면서 승리를 거둘 수 있었던 원동력은 달라진 수비의 힘이었다.

"수비의 힘으로 필승조의 공백을 메우면서 꾸역 승이라고 해도 계속 승리를 거둬야 한다. 지금 가장 중요한 것은 허니문 기간을 최대한 길게 끌고 가는 것이니까."

마이애미 말린스는 강팀이 아니라 약팀이었다.

당연히 선수들은 패배에 익숙해져 있었다.

'만약 한 경기만 패한다면?'

선수들은 박건을 포함한 네 선수들이 합류한 후 달라진 마이애미 말린스에 대한 확신이 사라지리라.

그건 선수들만이 아니었다.

코칭스태프들과 팬들도 마찬가지였다.

그리고 그때는 장점이 아닌 단점을 찾기 위해서 혈안이 되면서 달콤한 허니문 기간은 끝나 버릴 확률이 높았다.

'연승이 필요해.'

이것이 과정이 어떠했던 간에 승리라는 결과를 얻어내는 게 가장 중요하다고 이용운이 주장한 이유였다.

"그래서 후배의 역할이 더 중요해졌다."

"수비 시에 집중력을 더 발휘하란 건가요?"

"아니."

"그럼요?"

"타석에서 더 잘해야 한단 뜻이다."

"하지만 아까는……."

"수비의 힘으로 필승조의 공백을 메워야 한다고 말했었지. 그렇지만 그걸 위해서는 선제 조건이 있다."

"어떤 선제 조건이요?"

"지킬 게 있어야지."

"득점을 올려야 한다는 뜻이군요."

"맞다. 그리고 내가 보기에 현재 마이애미 말린스 타선에서 해결사 역할을 해줄 수 있는 것은 오직 후배뿐이다."

브라이언 할리데이와 이안 카스트로, 커티스 그랜더슨으로 구성된 마이애미 말린스의 클린업트리오.

선수들의 이름값만 놓고 보자면 타 팀의 클린업트리오와 비교하더라도 손색이 없었다.

그러나 문제는 클린업트리오를 구성하고 있는 선수들의 많은 나이와 부진한 타격감이었다.

에이징 커브가 찾아온 탓일까?

이안 카스트로는 작년부터 타격 지표의 하락세가 눈에 띄었다.

브라이언 할리데이와 커티스 그랜더슨 역시 이전에 비해 부진한 데다가 최근 타격감마저 좋지 않았다.

비록 2번 타자로 출전하고 있었지만, 박건 외에는 해결사 역할을 맡을 수 있는 선수가 보이지 않는 것이 마이애미 말린스의 현실이었다.

"아까 댈러스 카이클을 상대로 때려냈던 투런홈런. 어떻게 넘어갔는지 이해가 안 간다고 했었지?"

"네? 네."

"잘 맞았기 때문이다."

"그건 저도 알고 있습니다. 분명히 배트 중심에 맞추긴 했지만……."

"그게 현재 후배의 상태다."

"……?"

"힘들이지 않고 가볍게 스윙을 가져가서 배트 중심에 맞추기만 해도 홈런성 타구를 때려낼 수 있을 정도로 후배의 타격감이 절정에 올랐단 뜻이다. 그동안 꾸준히 루틴을 지키면서 훈련하는 과정에서 몸에 힘이 붙었고, 타격폼도 완벽에 가까워졌기 때문이지. 그러니까… 다시 한번 말하지만 욕심내지 마라."

이용운이 똑같은 충고를 다시 던졌다.

"욕심내지 마라."

오늘 경기를 앞두고 이런 충고를 던졌던 이유는 박건의 몸 상태와 타격감에 대한 확신이 있었기 때문이었다.

"무슨 말씀이신지 알겠습니다. 욕심내지 않겠습니다."

박건에게서 대답이 돌아온 순간, 이용운이 웃으며 다시 입을 뗐다.

"이제 필라델피아 원정이니까 반가운 얼굴을 만날 수 있겠구나."

"반가운 얼굴이라면… 빌 제임스요?"

"그래. 그 친구를 기쁘게 해주자꾸나."

"어떻게요?"

이용운이 대답했다.

"빌 제임스가 후배 영입을 망설이며 지갑을 열지 않았던 쪼잔한 필라델피아 필리스 단장이 땅을 치고 후회하는 모습을 보고 싶다고 말했던 것, 벌써 잊었어?"

제2장

마이애미 말린스와 필라델피아 필리스의 3연전 첫 경기.

마이애미 말린스는 팀의 4선발인 트레비스 리차즈가 선발투수로 나섰다.

필라델피아 필리스는 팀의 3선발인 잭 애플린이 선발투수로 출전했다.

전문가들은 오늘 경기에서 치열한 타격전이 벌어질 것으로 예상했다. 그러나 경기 초반의 양상은 전문가들과 달랐다.

0—0.

2회까지 0의 행진이 이어졌다.

3회 초 마이애미 말린스의 공격.

선두타자는 투수 겸 9번 타자 트레비스 리차즈였다.

'아쉽네.'

3회 초 공격 세 번째 타자로 타석에 들어설 박건이 더그아웃을 빠져나오며 아쉬움을 곱씹었다.

첫 타석에서 박건은 좌전 안타를 때려내며 무사 1, 2루의 득점 찬스를 만들었다.

그렇지만 3번 타자인 브라이언 할리데이가 6—4—3으로 이어지는 병살타를 때려내면서 마이애미 말린스가 선취점을 올릴 수 있는 기회를 무산시켰다.

'선배님 말씀대로네.'

현재 마이애미 말린스 타선에서 해결사 역할을 할 수 있는 것은 자신뿐이란 이용운의 이야기가 새삼 와닿았을 때였다.

슈아악.

따악.

경쾌한 타격음이 흘러나왔다.

"안타?"

3회 초의 선두타자인 트레비스 리차즈는 투수였다. 그리고 트레비스 리차즈의 통산 타율은 5푼에도 한참 미치지 못했다.

그래서 타석에서 안타를 때려내거나 출루에 성공할 거란 기대가 전혀 없었는데.

트레비스 리차즈는 잭 애플린이 카운트를 잡기 위해서 던진 직구가 가운데로 몰린 것을 놓치지 않고 받아 쳐서 중전안타를 터뜨렸다.

그리고 트레비스 리차즈의 안타에 놀란 것은 박건만이 아니었다.

잭 애플린 역시 당황한 기색이 역력했다.

투수인 트레비스 리차즈에게 안타를 허용한 것이 충격이었으리라.

그리고 잭 애플린은 충격에서 쉽게 벗어나지 못했다.

슈악.

"볼넷."

다음 타자인 브라이언 마일스를 상대하는 과정에서 단 하나의 스트라이크도 던지지 못하고 스트레이트볼넷을 허용했다.

스트레이트볼넷을 허용한 것이 잭 애플린이 투수 트레비스 리차즈에게 안타를 허용한 충격에서 벗어나지 못했다는 증거.

덕분에 무사 1, 2루의 득점 찬스가 찾아온 상황에서 박건이 타석으로 들어섰다.

＊　　　　　＊　　　　　＊

'초구부터 노린다.'

예전의 자신이었다면?

투수인 트레비스 리차즈에게 안타를 허용한 충격으로 인해 제구가 흔들리고 있는 잭 애플린을 상대할 때 서두르지 않았을 것이었다.

투수의 상태를 살피기 위해서 기다리기로 결심하고 초구를 그냥 지켜봤으리라.

그러나 지금은 박건의 마음가짐이 바뀌었다.

볼카운트가 불리해지기 전, 비교적 이른 시점에 타격을 하는 편이 훨씬 결과가 좋다는 사실을 알고 있었기 때문에 초구부터 노리기로 결심한 것이었다.

그리고 하나 더.

내가 해결사 역할을 해내야 한다는 마음가짐도 박건이 초구부터 과감하게 공략하기로 결심한 이유였다.

'직구면… 공략한다.'

지금껏 하던 대로 대충 수 싸움을 마쳤을 때, 잭 애플린이 투구 동작에 돌입했다.

슈아악.

내심 기다리고 있었던 직구가 들어온 순간, 박건이 가볍게 배트를 휘둘렀다.

따악.

경쾌한 타격음과 함께 타구는 우중간으로 날아갔다.

타다닷.

펜스 앞까지 맹렬히 타구를 쫓아간 필라델피아 필리스 우익수가 점프캐치를 시도했다. 그렇지만 그가 높이 들어 올린 글러브는 타구에 미치지 못했다.

그것을 확인하고 2루로 내달리던 박건의 귀에 이용운의 목소리가 들렸다.

"2루에서 멈춰."

'백업이 제때 들어갔구나.'

중견수가 바로 백업을 들어가 중계플레이를 시작했음을 알게 된 박건은 타구가 너무 빨랐다는 것에 아쉬움을 느꼈다.

그래서 이용운이 3루 베이스를 노리지 말고 2루에서 멈추라고 지시했던 것이었고.

잠시 후, 박건이 두 눈을 빛냈다.

3루 주루코치가 만류했음에도 불구하고 1루 주자였던 브라이언 마일스가 3루를 통과해서 홈으로 파고드는 것을 확인했기 때문이었다.

'무리수.'

브라이언 마일스의 발이 빠르기는 했다.

그렇지만 조금 전 박건이 때렸던 타구 속도가 너무 빨랐다.

그래서 홈승부를 펼치는 것은 무모하단 생각이 들어서 눈살을 찌푸렸던 박건의 귓가로 이용운의 목소리가 들려왔다.

"계속 구경만 할 거야?"

"……?"

"구경 그만하고 뛰어라."

'3루로 뛰라는 거구나.'

이용운의 지시가 옳았다.

브라이언 마일스의 홈승부 결과에 상관없이 타자주자인 박건에게는 주어진 임무가 있었다.

홈승부가 펼쳐지는 사이, 3루까지 진루해서 추가득점 기회를 만들 수 있는 확률을 높여야 했다.

1사 2루보다는 1사 3루가 추가득점을 올릴 수 있는 확률이 훨씬 높아지는 것은 부인할 수 없는 사실이었으니까.

타다닷.

다시 스타트를 끊은 박건이 3루에 도착한 후에야 고개를 돌려서 홈승부의 상황을 살폈다.

그런 박건의 눈에 두 주먹을 불끈 쥔 채로 환호하고 있는 브라이언 마일스의 모습이 들어왔다.

'살았다?'

워낙 타구 속도가 빨랐던 데다가 필라델피아 필리스 수비진의 중계플레이도 깔끔하게 이뤄졌던 편이었다.

해서 브라이언 마일스가 홈승부를 택한 것이 무리수였다고 판단했는데.

박건의 예상과 달리 브라이언 마일스의 홈승부는 성공했다.

2—0.

덕분에 마이애미 말린스가 2점의 리드를 잡았을 때, 이용운이 흡족한 목소리로 말했다.

"나쁘지 않았다."

"제 타격이 좋았단 뜻이죠?"

"후배의 타격도 나쁘지 않았지만, 브라이언 마일스의 주루플레이도 나쁘지 않았다."

"네? 하지만……."

"너무 무모했다고 생각하는 거지?"

"그렇습니다."

"나도 같은 생각이다."

"그런데 왜 좋다고 하신 겁니까? 결과가 좋으면 과정은 상관없다는 뜻입니까?"

"그런 뜻이 아니다. 내가 브라이언 마일스의 주루플레이를 좋다고 평가한 이유는 변수를 만들었기 때문이다."

"어떤… 변수요?"

"높았다."

"……?"

"포수에게 도착했던 2루수의 송구 말이다. 그래서 아웃 타이밍이었음에도 홈승부에서 세이프 판정을 받을 수 있었지."

비로소 무모해 보이던 주루플레이를 펼쳤던 브라이언 마일스가 세이프 판정을 받게 된 이유를 알게 된 박건이 납득한 표정으로 고개를 끄덕였을 때, 이용운이 덧붙였다.

"중계플레이에 참여했던 필라델피아 필리스의 2루수는 브라이언 마일스가 홈으로 파고들 거라고는 전혀 예상치 못했을 것이다. 그래서 홈송구를 서두르다 보니 송구가 높았던 거지. 즉, 브라이언 마일스의 공격적이고 적극적인 주루플레이가 송구 미스라는 변수를 만들어낸 셈이다. 기존의 마이애미 말린스 팀에서는 찾아볼 수 없었던 모습이지. 그리고 이 변수는 아직 끝이 아니다. 더 큰 파급력을 보일 것이다."

"어떤 파급력을 말씀하시는 겁니까?"

"선발투수인 잭 애플린이 무너질 것이다."

"잭 애플린… 이요?"

"그로기 상태에 몰린 상황에서 방금 전 어퍼컷을 얻어맞았거든."

투수인 트레비스 리차즈에 안타를 허용한 것만 해도 충격이었는데, 브라이언 마일스의 공격적인 주루플레이로 추가 실점을 허용한 것이 더 큰 충격을 주었기에 잭 애플린이 무너질 것이라고 이용운은 확신에 찬 목소리로 말했다.

그런 이용운의 예상은 적중했다.

잭 애플린은 3번 타자인 브라이언 할리데이와 4번 타자 이안 카스트로에게 연속 볼넷을 허용하며 무사만루의 위기를 자초했다. 그리고 5번 타자 커티스 그랜더슨은 잭 애플린에게 KO 펀치를 날렸다.

슈악.

따악.

제구가 되지 않아 가운데로 몰린 잭 애플린의 실투를 커티스 그랜더슨은 놓치지 않고 제대로 받아 쳐주자 일소 적시 2루타를 터뜨렸다.

5—0.

점수 차가 크게 벌어진 순간, 박건은 오늘 경기의 승리를 예감했다.

*   *   *

1차전 최종 스코어 7—3.

2차전 최종 스코어 9—5.

마이애미 말린스는 필라델피아 필리스 원정에서 먼저 2승을 거두면서 위닝시리즈를 확보했다.

트레이드 단행 후 4연승을 내달리며 상승세를 탄 마이애미 말린스는 팀의 1선발인 샌디 알칸트라를 선발투수로 내세우며 시리즈 스윕을 노렸다.

반면 2연패에 빠진 필라델피아 필리스가 내세운 선발투수는 팀의 5선발인 닉 파베타였다.

선발투수의 무게 추는 마이애미 말린스로 한참 기우는 상황.

그렇지만 경기는 예상과 달리 팽팽한 투수전이 펼쳐졌다.

*   *   *

0—0.

0의 균형이 이어진 가운데 8회 말 필라델피아 필리스의 공격이 시작됐다.

"심각하군."

조 매팅리가 팔짱을 풀며 한숨을 내쉬었다.

오늘 경기 내용을 한마디로 요약하면 '닉 파베타 공략 실패'였다.

마이애미 말린스 타선은 필라델피아 필리스의 5선발인 닉 파베타에게 꽁꽁 묶이며 득점을 올리지 못했으니까.

물론 오늘 경기에 선발투수로 출전한 닉 파베타의 투구가 좋았던 것은 부인할 수 없는 사실이었다.

그렇지만 한 꺼풀 벗기고 들어가면 마이애미 말린스 타선의 집중력 부족이란 문제가 드러났다.

테이블세터진에 포진된 브라이언 마일스와 박건은 각각 두 차례씩 출루하면서 득점 찬스를 만들어내는 데 성공했다. 그러나 마이애미 말린스의 중심타선은 철저히 침묵했다.

득점 찬스를 연신 무산시키고 있는 중심타선에 속한 타자들을 계속 지켜보고 있자니 무기력하단 느낌이 들 정도였다.

"이대로는 어려워."

트레이드를 단행한 후 4연승 행진을 달리고 있는 마이애미 말린스의 경기력.

분명히 트레이드를 단행하기 이전보다는 좋아져 있었다.

그렇지만 문제는 4연승을 거두는 과정에서 새로이 마이애미 말린스에 합류한 네 선수들만 핵심적인 역할을 했다는 점이었다.

기존 마이애미 말린스 소속 선수들은 여전히 부진했다.

즉, 조 매팅리가 내심 기대하고 있었던 새로 팀에 합류한 선수들과 기존 선수들 사이의 시너지효과가 전혀 발생하지 않는 것이었다.

그때였다.

8회 말의 선두타자인 브라이언 하퍼가 크게 스윙했다.

따악.

타격음을 들은 조 매팅리가 타구의 궤적을 눈으로 쫓았다.

우익수 방면으로 날아가는 타구.

피터 알론소가 펜스 근처에 미리 도착해서 기다리고 있다가 타구를 처리하는 것을 확인한 조 매팅리가 안도의 한숨을 내쉬었다.

"됐다."

필라델피아 필리스의 4번 타자인 브라이언 하퍼는 가장 위협적인 타자였다.

8회 말 수비에도 마운드에 오른 샌디 알칸트라가 브라이언 하퍼를 외야플라이로 처리한 순간, 큰 고비를 넘겼단 생각이 들었다.

그러나 조 매팅리의 표정은 이내 일그러졌다.

슈아악.

따악.

1사 주자 없는 상황에서 타석에 들어선 필라델피아 필리스 5번 타자 제이 브루소는 초구 직구를 공략했다.

'밀렸다.'

배트 스피드가 직구의 구속을 따라가지 못했기 때문에 외야 플라이가 될 것이라고 예상했는데.

타구는 조 매팅리의 예상보다 멀리 뻗었다.

우익수 피터 알론소가 타이밍을 계산한 후 펜스를 짚고 뛰어올라 글러브를 높이 들어 올리면서 끝까지 타구를 잡아내기 위해 애썼지만, 타구를 낚아채기에는 역부족이었다.

제이 브루소의 타구는 피터 알론소가 높이 들어 올리고 있던 글러브를 훌쩍 넘기며 홈런이 됐다.

0—1.

와아.

와아아.

경기 후반, 제이 브루소가 0의 균형을 깨뜨리는 결정적인 솔로홈런을 터뜨리자, 필라델피아 필리스 홈 팬들이 환호성을 내질렀다.

그렇지만 조 매팅리는 그 환호성이 제대로 들리지 않았다.

"내 실수야."

자책하느라 바빴기 때문이었다.

제이 브루소에게 불의의 솔로홈런을 허용한 샌디 알칸트라는 망연자실한 표정을 짓고 있었다.

샌디 알칸트라는 마이애미 말린스의 1선발을 맡고 있는 에이스.

에이스의 임무는 팀이 연승을 이어나갈 수 있도록 가교를 놓고 팀이 연패에 빠진 상황이라면 팀의 연패를 끊어내는 것이었다.

그런데 방금 제이 브루소에게 솔로홈런을 허용하면서 팀 내 에이스로서의 임무를 완수하지 못하게 됐다는 사실로 인해서 샌디 알칸트라는 자책하고 있는 것이었다.

그러나 조 매팅리의 판단은 달랐다.

샌디 알칸트라는 오늘 경기에서 충분히 자신의 역할을 한 셈이었다.

오히려 샌디 알칸트라를 조금 더 빨리 마운드에서 내리는 결정을 내리지 못했던 자신의 책임이 더 컸다.

'브라이언 하퍼가 때렸던 타구가 예상했던 것보다 더 멀리 뻗었어. 샌디 알칸트라가 던지는 공에 힘이 떨어졌기 때문이었는데 그 부분을 내가 놓쳤어.'

자책하던 조 매팅리가 한숨을 내쉬었다.

'만약 그걸 빨리 알아챘다고 하더라도 샌디 알칸트라를 강판시킬 수 있었을까?'

퍼뜩 이런 생각이 들어서였다.

타이론 게레로와 릭 로셀소.

현시점에서 조 매팅리가 투입할 수 있는 불펜투수들의 면면이었다.

그러나 과연 이 두 선수가 던지는 공이 지금 마운드에 서 있는 샌디 알칸트라가 던지는 공보다 위력적인 구위인가?

이 질문에 대한 답은 '아니오'였다.

"만약 샌디 알칸트라의 힘이 떨어졌다는 사실을 더 빨리 캐치했다고 하더라도 강판시키지 못했을 거야."

어쩌면 미련일 수도 있었다.

또, 요행을 바라는 것일 수도 있었다.

그렇다고 해도 조 매팅리는 샌디 알칸트라를 계속 마운드에 내버려 두었으리라.

트레이드를 통해서 뉴욕 메츠로 이적한 잭 스튜어트와 브라이언 모란의 공백이 여실히 느껴지는 상황.

조 매팅리 역시 두 선수의 공백에 대한 아쉬움을 느꼈다.

그러나 잭 스튜어트와 브라이언 모란은 이제 더 이상 마이애미 말린스 소속 선수들이 아니었다.

어차피 닿지 못할 미련을 버리고 현재 상황에서 최선의 답을 찾아야 했다.

"투수 교체합니다."

조 매팅리가 더그아웃을 박차고 나갔다.

*   *   *

샌디 알칸트라의 뒤를 이어 마운드에 등판한 타이론 게레로는 여전히 불안한 모습을 노출했다.

중전안타에 이어 사사구를 허용하면서 1사 1, 2루의 실점 위기에 몰렸다.

그렇지만 후속 타자에게 병살타를 유도해 내는 데 성공하면서 무실점으로 8회 말을 마무리했다.

이어진 9회 초 마이애미 말린스의 마지막 공격.

필라델피아 필리스의 자니 지라디 감독은 팀의 마무리투수인 애덤 모건을 마운드에 올렸다.

투수 타석에서 조 매팅리 감독은 대타자 제임스 블랙먼을 기용했다. 그리고 제임스 블랙먼은 조 매팅리 감독의 기대에 부응했다.

슈악.

따악.

애덤 모건의 3구째 싱커를 가볍게 밀어 쳐서 좌전 안타를 기록하며 출루에 성공했다.

무사 1루로 상황이 바뀐 순간, 조 매팅리 감독이 다시 움직였다.

타자주자 제임스 블랙먼을 빼고 대주자 해롤드 시에라를 기용했다.

대기타석에 들어서 있던 박건이 브라이언 마일스와 애덤 모건이 펼치는 승부를 지켜보았다.

슈악.

틱.

애덤 모건이 초구를 던진 순간, 브라이언 마일스가 번트를 댔다.

그렇지만 번트 타구는 3루 측 라인 선상을 벗어나며 파울이 됐다.

슈악.

틱.

2구째에도 브라이언 마일스는 번트를 댔다. 그러나 배트 하단에 맞은 타구는 역시 파울이 됐다.

조 매팅리 감독이 지시한 희생번트 작전을 수행하는 데 잇따라 실패한 브라이언 마일스가 답답한 표정으로 고개를 절레절레 흔들었다. 그리고 브라이언 마일스에게 희생번트 작전 지시를 내렸던 조 매팅리 감독은 못마땅한 표정을 짓고 있었다.

박건이 그런 두 사람의 표정 변화를 번갈아 살피고 있을 때였다.

"브라이언 마일스의 잘못이 아니다. 이건 조 매팅리 감독의 잘못이다."

이용운이 지적했다.

그 지적을 들은 박건이 의아한 표정을 지었다.

현재 스코어 0-1.

9회 초 마이애미 말린스의 정규이닝 마지막 공격에서 선두타자가 출루에 성공한 상황이었다.

일단 동점을 만드는 것이 가장 중요한 상황.

동점을 만들 수 있는 확률을 높이기 위해서는 1루 주자를 득점권인 2루로 진루시키는 것이 필요했다.

그래서 조 매팅리 감독이 브라이언 마일스에게 희생번트 작전 지시를 내렸던 것이었고.

그 일련의 과정에서 조 매팅리 감독이 내렸던 선택에는 딱히 잘못된 부분이 없다고 느껴졌다.

오히려 타석에서 희생번트 작전 지시를 제대로 이행하지 못한 브라이언 마일스의 잘못이 더 큰 편이었다.

해서 박건이 의아한 표정을 지었지만, 이용운은 자신의 주장을 굽히지 않았다.

"선수 파악을 제대로 못 했으니까."

"무슨 말씀이십니까?"

"브라이언 마일스는 리드오프로서 여러 가지 장점을 갖고 있다. 선구안이 좋은 편이고 주루플레이에 능하며 발도 아주 빠른 편이지. 그렇지만 단점도 분명하다. 번트에 능숙하지 않고 작전 수행 능력도 떨어지는 편이거든. 내가 알고 있는 브라이언 마일스의 장점과 단점을 마이애미 말린스의 감독인 조 매팅리는 아직까지도 파악하지 못했다. 그래서 번트에 능숙하지 않은 브라이언 마일스에게 희생번트 작전을 지시하는 우를 범했지."

'듣고 보니⋯ 틀린 말은 아니네.'

이용운의 지적이 아주 틀리진 않았다는 생각을 하는 사이, 브라이언 마일스와 애덤 모건의 승부가 이어졌다.

'스리번트는 없다.'

이렇게 판단한 필라델피아 필리스 내야 수비진은 정상 수비 위치로 돌아가 있었다. 그리고 예상대로 조 매팅리 감독은 희생번트 작전을 철회하고 강공을 지시했다.

불행 중 다행인 점은 브라이언 마일스가 빼어난 선구안을 바탕으로 타석에서 쉽게 물러나지 않았다는 것이었다.

슈악.

"볼."

유인구를 잘 참아내며 브라이언 마일스는 기어이 풀카운트까지 승부를 끌고 가는 데 성공했다.

이어진 7구째 승부.

슈악.

애덤 모건의 결정구는 싱커였다.

딱.

스트라이크존을 통과할 듯 하다가 뚝 떨어지는 싱커를 브라이언 마일스는 제대로 공략하지 못했다.

배트 끝에 간신히 걸린 타구는 홈플레이트 근처에서 한 차례 바운드를 일으킨 후 3루 측 라인 선상을 타고 느리게 굴러갔다.

필라델피아 필리스 3루수가 대시하며 글러브 대신 손을 뻗었다.

속도가 느린 타구, 그리고 브라이언 마일스의 빠른 발을 감안하면 글러브로 포구한 후 1루로 송구한다면 타이밍이 늦다고 판단했기 때문이리라.

그렇지만 과감한 선택의 결과는 좋지 않았다.

툭.

필라델피아 필리스 3루수는 스핀이 잔뜩 걸려 있던 타구를 단번에 포구하지 못하고 한 차례 더듬었다.

그로 인해 1루로 송구를 해볼 기회조차 사라졌다.

무사 1, 2루.

희생번트 작전이 실패했음에도 브라이언 마일스는 1루 주자를 2루로 진루시키는 데 성공했다.

게다가 본인도 살아서 1루로 출루했으니 오히려 전화위복이 된 셈이었다. 그리고 마이애미 말린스에게 찾아와 있는 정규이닝 마지막 득점 찬스에서 박건이 타석에 들어섰다.

'유인구 위주의 볼배합.'

필라델피아 필리스 마무리투수인 애덤 모건의 가장 큰 장점이자 주무기는 강속구였다.

평균 구속 90마일대 후반인 애덤 모건의 직구는 무척 위협적이었다.

하지만 오늘 경기에서 애덤 모건은 유인구 위주의 볼배합을 가져가고 있었다.

'직구.'

그런 애덤 모건의 볼배합에 대해서 잘 알고 있었지만, 박건은 타석에 들어서서 직구를 노렸다.

그 이유는 두 가지.

우선 유인구 위주로 볼배합을 가져가며 승부했던 지난 두 타자와의 결과가 좋지 않았기 때문에 애덤 모건이 볼배합을 바꿀 가능성이 높다고 판단했기 때문이었다.

또 하나의 이유는 잔상처럼 남아 있는 기억이었다.

박건과 애덤 모건은 이미 한 차례 대결을 펼친 적이 있었다.

뉴욕 메츠 소속 선수일 당시 박건은 애덤 모건과 만났었다.

당시 맞대결의 결과는 삼구삼진.

애덤 모건은 직구 세 개를 연달아 던졌고, 박건은 타석에서 스윙 한 번 해보지 못하고 루킹삼진을 당해서 물러났었다.

'위협적이었어.'

그 승부의 기억이 지금까지도 기억 속에 또렷하게 남아 있는 이유.

애덤 모건이 구사했던 몸쪽 직구의 위력이 타석에서 움찔하며 뒤로 물러났을 정도로 워낙 대단했기 때문이었다.

당시 박건이 타석에서 보였던 반응을 애덤 모건도 분명히 기억하고 있을 터.

그래서 자신을 상대로 다시 직구 승부를 펼칠 확률이 높다고 판단한 것이었다.

'이번에는 물러나면 안 된다.'

애덤 모건이 90마일대 후반의 위협적인 몸쪽 직구를 던진다고 해도 절대 움찔하면서 물러나면 안 된다는 각오를 다진 채 박건이 타석에 들어섰다.

슈아악.

그리고 애덤 모건이 초구를 던진 순간, 박건이 배트를 휘둘렀다.

*   *   *

슈아악.

딱.

대타자 필립 레이놀즈가 힘껏 배트를 휘둘렀다. 그러나 타이밍이 늦은 탓에 타구는 멀리 뻗지 못했다.

높게 솟구친 타구를 잡기 위해서 중견수 커티스 그랜더슨이 이동했다.

탁.

커티스 그랜더슨이 안전하게 포구를 마친 순간, 박건이 안도의 한숨을 내쉬었다.

마이애미 말린스의 마무리투수인 브래들리 쿡은 이번 필라델피아 필리스와의 3연전에 모두 출전했다.

게다가 오늘 경기에서는 이전 두 경기와 달리 터프 세이브 상황에서 등판했다.

그래서 오늘 경기에서 구위가 떨어지면서 블론세이브를 허용하지 않을까 하는 우려를 했었는데.

박건의 우려는 기우에 불과했다.

브래들리 쿡은 필라델피아 필리스와의 3연전 마지막 경기에서도 위력적인 투구를 선보이며 세 타자를 가볍게 처리했다.

최종 스코어 2—1.

마이애미 말린스는 필라델피아 필리스를 상대로 스윕을 거두는 데 성공하며 연승 행진을 이어나가는 데 성공했다.

"브래들리 쿡은 한동안 걱정하지 않아도 될 것 같구나."

그때 이용운이 덧붙였다.

"그동안 많이 쉬었거든."

'많이 쉬었다?'

잠시 후, 박건이 고개를 끄덕여 수긍했다.

브래들리 쿡은 분명히 수준급 마무리투수였다.

그러나 올 시즌 그가 출전했던 경기 수는 다른 팀의 마무리투수들에 비해 현저히 적었다.

그 이유는 브래들리 쿡이 마이애미 말린스 소속 선수였기 때문이었다.

마이애미 말린스는 지구 최하위에 처져 있는 약체 팀.

타 팀의 클로저들에 비해서 세이브 기회가 적을 수밖에 없었다.

당연히 브래들리 쿡이 마운드에 오를 기회가 타 팀의 클로저들에 비해 적었고, 아이러니하게도 이 점이 그가 체력을 비축할 수 있었던 원인이었다.

그래서 3연투임에도 불구하고 브래들리 쿡이 위력적인 구위를 앞세워 팀의 승리를 지켜낼 수 있었던 것이었고.

그리고 이용운이 브래들리 쿡은 한동안 걱정할 필요가 없다고 말한 이유도 이것 때문이었다.

"자, 이제 한마디 해야지."

이용운의 이야기를 들은 박건이 희미한 미소를 머금었다.

오늘 경기에서도 박건은 수훈 선수로 꼽혀서 인터뷰를 하게 됐다.

한 점 차로 뒤지고 있던 9회 초 마이애미 말린스의 정규이닝 마지막 공격에서 극적인 역전을 만들어내는 2타점 적시 2루타를 터뜨렸던 박건이 수훈 선수로 꼽히지 않는다면, 그게 오히려 더 이상한 일이었다.

*　　　　*　　　　*

"와우, 오늘도 대단한 활약이었습니다. 뉴욕 메츠 소속 선수였던 박건과 마이애미 말린스 소속 선수인 박건이 과연 같은 선수가 맞는가? 이런 의문이 들 정도로 마이애미 말린스로 이적한 후에 박건 선수의 활약상이 인상적인데요."

"같은 선수 맞습니다."

"하하. 제가 박건 선수 도플갱어와 인터뷰를 하는 건 아니군요. 그럼 이렇게 큰 차이가 발생하고 있는 이유가 있을까요?"

"음, 그 이유는 심리적인 요인 때문이라고 생각합니다."

"심리적인 요인이요?"

"조 매팅리 감독님께서 절 믿고 계속 기회를 주시거든요. 그래서 한 경기 부진하다고 해도 출전 기회가 줄어들지 않을 것이라는 확신이 들면서 심리적으로 안정된 것이 큰 도움이 되고 있습니다."

'영어 많이 늘었네.'

수훈 선수 인터뷰를 하던 도중 박건이 꺼낸 대답을 들은 이용운이 내심 감탄했다.

메이저리그 도전을 위해서 미국으로 건너왔던 초창기에 비하면 박건의 영어 실력은 눈에 띄게 늘어 있었다.

일단 귀가 트인 덕분에 캐스터나 기자들이 던지는 질문을 통역 없이 알아들을 수 있는 수준이었다.

또, 귀가 트이자 말문도 서서히 트이기 시작했다.

'YES' or 'NO'.

짤막한 단답형 대답을 주로 하던 박건은 이제 이용운의 도움 없이도 본인이 하고 싶은 이야기를 전달할 수 있는 수준이 돼 있었다.

일단 미국에 건너온 후 꽤 시간이 흘렀다는 것이 박건의 영어 실력 향상에 도움이 된 것은 부인할 수 없는 사실이었다.

그렇지만 그게 전부가 아니었다.

박건의 영어 실력이 빠르게 향상된 것에는 본인의 노력이 컸다.

하루에 한 시간씩, 박건은 TV 뉴스를 봤다.

"뭘 알아듣긴 하는 게냐?"

이용운이 핀잔을 건넬 때마다 박건은 대답 대신 씩 웃었다.

그리고 그게 다가 아니었다.

박건은 잠들 때도 TV를 켜두고 잤다.

처음에는 긴 밤을 보내야 하는 자신을 위한 배려라고 생각했다.

그러나 그런 이유가 아니라는 사실을 이용운은 얼마 지나지 않아서 깨달았다.

비가 추적추적 내리던 어느 날, 이용운은 조용한 상황에서 명상에 잠기고 싶었다. 그래서 리모컨을 조작해서 TV를 껐을 때, 이미 잠든 줄 알았던 박건이 말했다.

"TV 다시 켜주십시오. 영어 공부 중입니다."

그때, 박건이 TV를 켜두고 잠자리에 드는 이유가 자신을 위한 배려가 아니라, 본인의 영어 공부를 위함이라는 사실을 이용운은 알아챘다.

그런 박건의 노력들이 빠르게 영어 실력이 향상된 이유였다. 그리고 이용운은 박건이 열심히 영어 공부에 매달리는 이유를 짐작할 수 있었다.

'내가 떠나고 난 후를 대비하는 거야.'

영어 실력만이 아니었다.

다른 부분에서도 박건은 달라진 부분이 존재했다.

그 변화 중 가장 눈에 띄는 점.

최근 들어 질문을 하는 빈도가 확연히 줄어들었다는 것이었다.

대신 스스로 답을 찾아내는 빈도가 늘어났다.

"꾸준히 출전 기회를 얻다 보니 계속 좋은 타격감을 유지할 수 있는 것 같습니다."

그때 박건이 대답을 덧붙였다.

'멘트도 많이 늘었네.'

그리고 박건이 덧붙인 대답을 들은 이용운이 새삼 감탄했다.

얼핏 듣기에는 모범 답안처럼 느껴졌다.

그렇지만 이 멘트에는 함축적인 의미가 여럿 담겨 있었다.

우선 조 매팅리 감독의 호감을 얻었다.

조 매팅리 감독이 트레이드가 성사되자마자 박건을 마이애미 말린스 선발 라인업에 포함시킨 것.

엄밀히 말하면 이건 그의 계획이 아니었다.

잭 대니얼스 단장의 강한 입김이 작용한 때문이었다.

그러나 외부인들인 팬들은 자세한 사정을 몰랐다.

그런 상황에서 박건이 이렇게 인터뷰를 하면, 조 매팅리 감독이 박건이란 선수에 대한 확신을 갖고 기용했을 거라 판단할 터였다. 그리고 박건이 경기에 출전할 때마다 맹활약을 펼치고 있으니, 조 매팅리 감독 입장에서는 기분이 좋을 수밖에 없으리라.

또 하나의 함축적인 의미는 조 매팅리 감독에 대한 압박이었다.

박건은 마이애미 말린스로 이적한 후 타석에서 맹활약할 수 있었던 원인으로 꾸준한 출전 기회가 보장된 것을 꼽았다.

이 대답은 앞으로 조 매팅리 감독에게 일종의 압박이 될 터였다.

내가 잠시 타석에서 부진하며 슬럼프를 겪게 되더라도 계속 경기에 출전시켜 달라.

그럼 금세 슬럼프를 극복할 수 있다.

이런 메시지를 전달한 셈이었고, 조 매팅리 감독도 이제 함부로 박건을 선발 라인업에서 배제하기 힘들 것이었다.

그리고 마지막으로 담겨 있는 함축적인 의미는 뉴욕 메츠의 미겔 카브레라 감독의 무능에 대한 지적이었다.

내게 출전 기회를 충분히 보장해 주기만 하면 꾸준히 좋은 타격감을 유지할 수 있다.

난 그것을 마이애미 말린스로 이적한 후에 증명했다.

그렇지만 뉴욕 메츠 소속 선수일 때는 꾸준한 출전 기회가 주어지지 않았던 탓에 좋은 타격감을 유지하지 못했다.

즉, 뉴욕 메츠 소속 선수일 당시 박건에게 충분한 기회를 주지 않았던 미겔 카브레라 감독을 돌려 간 셈이었다.

'지금까지는 아주 좋아.'

수훈 선수 인터뷰를 진행하는 박건을 보며 이용운이 흡족한 표정을 지었을 때였다.

"오늘 경기에서 아주 인상적이었던 점은 올 시즌 블론세이브가 한 차례뿐이었을 정도로 최고의 활약을 펼치고 있던 필라델피아 필리스의 클로저인 애덤 모건을 무너뜨렸다는 점입니다. 애덤 모건을 무너뜨릴 수 있었던 비책이 무엇이었습니까?"

"복수심이었습니다."

"복수심이요?"

"네, 뉴욕 메츠 소속 선수였을 당시 애덤 모건을 상대했던 적이 있었고, 그때 저는 삼구삼진을 당했습니다. 당시에 무척 분했고 스스로에게 실망했었습니다. 그래서 다시 애덤 모건을 상대할 기회가 찾아오기만 한다면 당시의 빚을 반드시 갚아주겠다. 이렇게 각오를 다지고 있었는데 마침 오늘 기회가 찾아왔습니다. 그리고 제게 찾아온 기회를 놓치지 않았던 셈이었죠."

이번 대답 역시 나쁘지 않았다.

그렇지만 이용운은 내심 아쉬움을 느끼고 서둘러 입을 뗐다.

"한마디 더 해라."

"무슨 말을 더 할까요?"

"직구에 강점이 있다고 어필해. 그래서 애덤 모건의 직구 정도는 언제든지 공략이 가능하다. 오늘은 2루타였지만, 다음에는 펜스를 훌쩍 넘기는 큼지막한 홈런을 때려주겠다고 밝혀."

"그건 좀……."

이용운이 지시했지만, 박건은 바로 입을 열지 않았다.

계속 머뭇거리는 박건에게 이용운이 물었다.

"뭐가 마음에 걸리는 거냐?"

"안티팬을 만들고 싶지 않아서요."

"안티팬?"

"그렇게 대답하면 너무 거만해 보일 것 같은데요."

박건의 대답을 들은 이용운이 고개를 끄덕였다.

자신이 생각해도 거만하게 느껴질 소지가 있는 대답이었기 때문이었다.

"그럼 이렇게 하자."

"어떻게요?"

"알아서 적당히 순화해서 대답해."

이용운의 재촉을 들은 박건이 마지못한 표정으로 다시 입을 뗐다.

"그리고 굳이 하나의 이유를 더 꼽자면… 제가 직구에 강점이 있는 편입니다."

제3장

"다시 만나서 반갑습니다."

빌 제임스가 환하게 웃으며 인사를 건넸다.

그 반응을 확인한 박건이 고개를 갸웃했다.

빌 제임스는 필라델피아 필리스 구단 소속 스카우터.

필라델피아 필리스는 오늘 경기마저 패하면서 마이애미 말린스에게 시리즈 스윕을 당했다. 그리고 필라델피아 필리스가 시리즈 스윕을 당하는 과정에서 박건은 두 차례나 수훈 선수로 선정됐을 정도로 결정적인 역할을 했었다.

그럼에도 불구하고 박건을 다시 만나서 인사를 건네고 있는 빌 제임스의 표정은 밝았다.

그로 인해 박건이 의아한 감정을 느낀 것이었다.

"제가 밉지 않습니까?"

박건이 참지 못하고 질문하자, 빌 제임스가 껄껄 웃으며 대답했다.

"전혀요."

"왜 제가 밉지 않으신 겁니까?"

"박건 선수 덕분에 제 입지가 더 탄탄해졌거든요."

"……?"

"필라델피아 필리스 구단 입장에서는 마이애미 말린스와의 이번 3연전이 무척 중요했습니다. 리그 최약체로 손꼽히는 마이애미 말린스와의 3연전에서 시리즈 스윕을 거두고 지구 2위로 올라서는 것을 내심 기대하고 있었거든요. 그렇지만 결과적으로 필라델피아 필리스는 마이애미 말린스와의 3연전에서 시리즈 스윕을 거두기는커녕 오히려 시리즈 스윕을 당하고 말았죠. 그로 인해서 지구 2위로 올라서지 못하고 오히려 지구 4위인 뉴욕 메츠와의 격차가 더 좁아졌습니다. 필라델피아 필리스 입장에서는 무척 중요한 순간에 카운터펀치를 제대로 얻어맞고 다리가 풀려 버린 셈입니다. 그 과정에서 가장 결정적인 역할을 한 것이 바로 박건 선수입니다. 그리고 박건 선수를 필라델피아 필리스로 영입해야 한다고 줄곧 주장했던 게 바로 저입니다. 그러니 제 주가는 오히려 상승한 셈이죠."

'그럴 수도 있겠네.'

거기까지는 미처 생각지 못했던 박건이 무심코 고개를 끄덕였을 때였다.

"솔직히 말하면 속이 후련했습니다."

빌 제임스가 덧붙였다.

"왜 속이 후련했습니까?"

"쪼잔한 단장이 제 말을 듣지 않고 박건 선수를 영입하지 않았던 것으로 인해 땅을 치고 후회했거든요."

'선배님 말씀이 맞았네.'

빌 제임스의 대답을 들은 박건이 속으로 혀를 내둘렀다.

"그 친구를 기쁘게 해주자꾸나. 빌 제임스가 후배 영입을 망설인 쪼잔한 필라델피아 필리스 단장이 땅을 치고 후회하는 모습을 보고 싶다고 말했던 것, 벌써 잊었어?"

필라델피아 필리스 원정을 앞두고 이용운이 했던 말이었다.

당시에 그 이야기를 들었을 때만 해도 농담이라 여겼는데.

직접 만난 빌 제임스는 필라델피아 필리스 단장이 땅을 치며 후회하는 모습을 보고 난 후 속이 후련했다고 말했다.

'확실히 달라.'

아메리칸 스타일은 확실히 다르다는 생각을 박건이 했을 때, 이용운이 말했다.

"중요한 이야기를 빼먹었구나. 아닌가? 일부러 말하지 않고 감췄을 수도 있겠구나."

"어떤 이야기를 빼먹었다는 겁니까?"

박건이 흥미를 드러내자, 이용운이 대답했다.

"필라델피아 필리스의 현재 전력과 미래."

"네?"

"좀 더 정확히 표현하면 스카우터 빌 제임스가 판단하는 필라델피아 필리스의 현재 전력과 미래라고 표현하는 게 맞겠구나. 빌 제임스도 엄연한 직장인이다. 당연히 애사심이란 게 있을 것이다. 그럼에도 불구하고 필라델피아 필리스가 무척 중요한 순간에 마이애미 말린스에게 시리즈 스윕을 당했는데도 별로 애석해하는 기색이 없어서 당황했지?"

"솔직히 좀 그랬습니다."

"그 이유가 바로 빌 제임스가 바라보는 필라델피아 필리스의 현재 전력이 지구 우승을 노리기에는 역부족이라고 판단하기 때문이다. 어차피 현 전력으로는 지구 우승을 차지하기 힘든 필라델피아 필리스인 만큼 이번 기회에 구단 내에서 본인의 입지가 더 상승하는 편이 더 낫다. 이렇게 판단했던 거지."

'그렇구나.'

박건이 비로소 빌 제임스가 예상 밖의 반응을 보였던 이유를 알게 됐을 때였다.

"빌 제임스에게 커피 한잔 사라고 해."

"커피… 요?"

이용운이 덧붙였다.

"기쁘게 해줬으니 커피 한잔 정도는 얻어먹을 자격이 있잖아."

                *   *   *

이용운의 말대로였다.

"당연히 사야죠. 마음 같아서는 맛있는 식사를 대접하고 싶지만, 시간이 넉넉지 않으니 아쉬운 대로 커피라도 대접하겠습니다."

빌 제임스는 기꺼이 커피를 대접하겠다고 밝혔다.

주문한 아이스커피와 주스를 받아서 커피숍 테라스에 마주 앉자마자, 빌 제임스가 웃으며 입을 뗐다.

"아까 했던 인사, 빈말이 아니었습니다."

"인사라면……?"

"다시 만나서 반갑다는 인사 말입니다. 일전에도 말씀드렸지만, 저는 박건 선수가 KBO 리그로 복귀하지 않고 메이저리그에서 도전을 이어나가길 내심 바랐었거든요."

"감사합니다."

박건이 웃으며 대답했을 때였다.

"시간이 별로 없다. 바로 본론으로 돌입하자."

이용운이 불쑥 제안했다.

그 제안을 들은 박건이 당황했다.

빌 제임스를 만난 이유가 필라델피아 필리스 원정을 찾아온 김에 안부 인사를 나누기 위함이라고 막연히 판단하고 있었기 때문이었다.

그러나 이용운은 빌 제임스를 만난 이유가 그게 다가 아니라고 말하고 있었다.

"무슨… 본론이요?"

해서 박건이 당황한 기색으로 질문하자, 이용운이 대답했다.

"스카우터를 만나서 할 이야기가 뭐가 있겠어? 트레이드 진행 상황에 대해서 물어보는 거지."

"트레이드 진행 상황을 왜 묻습니까?"

박건이 더 당황한 표정을 지었다.

뉴욕 메츠에서 마이애미 말린스로.

박건은 이미 트레이드를 통해서 한 차례 팀을 옮긴 상태였다.

그런데 이용운은 빌 제임스를 만난 이유가 트레이드 진행 상황에 대해서 묻기 위해서라고 대답했다.

"설마… 아니죠?"

"무슨 설마?"

"또 트레이드를 통해서 다른 팀으로 이적하는 건 아니죠?"

퍼뜩 든 생각으로 인해 박건이 질문하자, 이용운에게서 대답이 돌아왔다.

"후배를 원하는 팀이 이전에 비해서 훨씬 늘어난 것은 부인할 수 없는 사실이지."

"그럼……?"

"그렇지만 후배가 새 팀으로 이적할 일은 없다. 잭 대니얼스 단장이 후배를 트레이드 카드로 내놓을 가능성은 없으니까."

비로소 안심했던 박건이 다시 고개를 갸웃했다.

"그럼 트레이드 진행 상황은 대체 왜 물으시려는 겁니까?"

"아는 게 힘이다."

"네?"

"정보를 많이 알고 있을수록 유리하거든."

이용운이 대답을 꺼냈지만 박건은 여전히 이해하기 어려웠다.

그때, 이용운이 다시 입을 뗐다.

"후배는 신경 쓸 것 없다."

"……?"

"이건 후배의 야구가 아니라 나의 야구니까."

*　　　　　*　　　　　*

'아직 큰 판을 읽지는 못해.'

이용운이 희미한 웃음을 머금었다.

"설마… 또 트레이드를 통해서 다른 팀으로 이적하는 건 아니죠?"

아까 빌 제임스를 만난 이유가 트레이드에 대한 정보를 얻기 위함이라고 밝히자, 박건이 불안한 표정으로 던졌던 질문이었다.

이런 질문을 던졌다는 것이 박건이 아직 큰 판세를 읽는 능력이 떨어진다는 증거였다.

'허니문 기간이 끝날 때를 대비해서 준비를 해야 해.'

트레이드 후 5연승을 달리고 있는 마이애미 말린스의 팀 분위기는 아주 좋았다.

마치 신혼처럼 달콤한 분위기에 취해 있었다.

최선의 상황은 이런 달콤한 분위기를 계속 이어나가는 것.

그러나 영원히 지속되는 허니문은 없었다.

언젠가는 허니문 기간이 끝나게 될 것이고, 그때는 본격적으로 부부 싸움이 시작될 것이었다. 그리고 이용운은 허니문 기간이 끝나고 부부 싸움이 벌어질 경우를 미리 대비하려는 것이었다.

'유비무환이란 말이 괜히 있는 게 아니니까.'

이용운이 생각을 정리한 후 입을 뗐다.

"백업 유격수를 구하고 있는 팀이 있는지 물어봐라."

그 이야기를 들은 박건이 바로 되물었다.

"콜로라도 로키스잖습니까?"

기존 백업 유격수 개럿 햄슨의 부상으로 인해 백업 유격수가 필요했던 콜로라도 로키스가 트레이드를 통해서 폴 바셋 영입을 노렸다는 사실을 박건도 알고 있기 때문에 던진 질문이었다.

그렇지만 이용운은 고개를 흔들었다.

"트레이드는 생물이라고 말했던 이유, 수시로 상황이 바뀌기 때문이다. 그때와 지금은 또 상황이 바뀌었을 가능성이 높기 때문에 이런 질문을 던진 것이다."

"하지만……."

"시키는 대로 물어보기나 해."

이용운의 재촉을 받고 나서야 박건이 빌 제임스에게 질문했다.

"혹시 백업 유격수를 구하고 있는 구단이 있습니까?"

"백업 유격수요?"

"네."

"음, 있긴 합니다."

"콜로라도 로키스요?"

"아닙니다. 콜로라도 로키스는 새로운 백업 유격수를 구했습니다. 시카고 화이트 삭스와 트레이드에 합의하고 발표만 남겨두고 있는 걸로 알고 있습니다."

'역시 만나길 잘했어.'

이용운도 나름대로 트레이드 정보를 확보하기 위해서 애썼다. 그렇지만 신문과 뉴스를 통해 얻을 수 있는 정보는 한계가 있었다.

트레이드는 은밀하게 진행되는 경우가 대부분이었기 때문이었다.

'빌 제임스라면 내부 정보를 많이 알고 있지 않을까?'

스카우터들은 어느 누구보다 트레이드 정보에 민감했다.

그래서 혹시나 하는 기대를 품은 채 빌 제임스를 만났는데.

그 기대가 빗나가지 않은 셈이었다.

방금 전 빌 제임스가 대수롭지 않게 입에 올렸던 콜로라로 로키스와 시카고 화이트 삭스 구단 사이에 진행된 트레이드 정보.

이용운이 가장 원하던 것들이었다.

"현재 백업 유격수를 구하고 있는 팀들은 애리조나 다이아몬드백스와 볼티모어 오리올스입니다."

'애리조나 다이아몬드와 볼티모어 오리올스.'

두 구단을 기억하기 위해서 이용운이 속으로 되뇌었을 때였다.

"아, 캔자스시티 로열스도 있습니다. 그런데 백업 유격수를 구하고 있는 팀에 대해서 왜 물으시는 겁니까?"

"그건……."

박건의 말문이 순간 막힌 것을 확인한 이용운이 재빨리 말했다.

"기브 앤드 테이브란 말, 알지?"

"……?"

"빌 제임스와 관계를 지속해 나가려면 우리도 고급 정보를 알려줘야 한다."

"그게 세상의 이치라는 사실은 저도 알고 있지만… 우리에게 대체 무슨 고급 정보가 있습니까?"

"고급 정보를 갖고 있다."

"그 고급 정보가 대체 뭡니까?"

이용운이 대답했다.

"브라이언 앤더슨이 머잖아 트레이드 카드로 활용될 거라고 알려줘라."

*　　　　　*　　　　　*

마이애미 말린스 VS 워싱턴 내셔널스.

마이애미 말린스는 3연전 1차전 선발투수로 팀의 2선발인 헥터 노에사가 출전했다.

워싱턴 내셔널스는 3연전 1차전 선발투수로 팀의 1선발인 스티븐 스트라스버그를 내세웠다.

전문가들은 마이애미 말린스의 최근 상승세가 심상치 않긴 하지만, 팀의 에이스인 스티븐 스트라스버그를 선발투수로 출전시킨 워싱턴 내셔널스의 우세를 점쳤다. 그리고 팽팽한 투수전이 펼쳐질 것이라고 예상했다.

그러나 전문가들의 예상은 이번에도 빗나갔다.

*　　　*　　　*

1회 초 워싱턴 내셔널스의 공격.

선두타자 애덤 이튼은 헥터 노에사의 2구째 직구를 노려 쳐서 중전안타를 터뜨리며 출루했다.

2번 타자 브라이언 도우저는 타석에서 서두르지 않았다.

유인구를 침착하게 골라내며 헥터 노에사를 끈질기게 괴롭힌 끝에 사사구를 얻어내서 출루에 성공했다.

무사 1, 2루의 찬스에서 등장한 3번 타자 후안 소토는 헥터 노에사의 4구째 싱커를 공략했다.

슈악.

딱.

2루수 앞으로 굴러가는 내야땅볼.

평소였다면 4—6—3으로 이어지는 병살플레이를 만들 수 있었던 타구였다

그러나 히트 앤드 런 작전이 걸렸던 터라 1루 주자를 2루에서 아웃시킬 수 없었다.

타구를 포구한 2루수는 1루로 송구해 타자주자인 후안 소토

만 잡아냈다.

1사 2, 3루로 바뀐 상황에서 타석에는 워싱턴 내셔널스의 4번 타자 앤서니 론돈이 들어섰다.

슈아악.

따악.

앤서니 론돈이 헥터 노에사의 3구째 직구를 공략한 타구는 멀리 뻗었다.

펜스 근처까지 이동한 박건이 포구에 성공하긴 했지만, 3루 주자의 태그업을 막아내기에는 역부족이었다.

0—1.

워싱턴 내셔널스가 손쉽게 선취점을 올렸다. 그리고 아직 끝이 아니었다.

슈악.

따악.

5번 타자 안톤 워커가 때린 타구는 1루수의 키를 살짝 넘기고 라인 선상 안쪽에 떨어졌다.

0—2.

안톤 워커의 1타점 적시타가 나오면서 워싱턴 내셔널스는 추가득점을 올리는 데 성공했다.

*　　　　*　　　　*

1회 말 마이애미 말린스의 공격.

슈악.

선두타자 브라이언 마일스는 스티븐 스트라스버그가 초구를 던진 순간, 기습번트를 시도했다.

틱. 데구르르.

번트 타구의 강도는 조금 강한 편이었다.

깜짝 놀라서 대시했던 3루수는 번트 타구를 잡지 않았다.

대신 번트 타구가 라인 선상을 벗어나길 기다렸다.

"파울."

잠시 후, 3루 측 라인 선상을 조금 벗어난 채 멈춰 있는 번트 타구를 확인한 주심이 파울을 선언했다.

전력 질주 해서 1루를 통과했던 브라이언 마일스가 아쉬운 기색을 감추지 못한 채 타석으로 돌아왔다.

이어진 2구째 승부.

슈아악.

스티븐 스트라스버그는 몸쪽 직구를 구사했다.

딱.

브라이언 마일스가 배트를 휘둘렀지만, 배트 스피드가 구속을 따라가지 못했다.

살짝 떠오른 타구가 좌익수 방향으로 날아갔다.

워싱턴 내셔널스의 3루수와 유격수, 그리고 좌익수가 포구하기 위해서 일제히 모여들었다.

툭.

그렇지만 세 선수들 가운데 어느 누구도 처리하지 못하는 곳에 타구가 떨어지며 텍사스안타가 됐다.

'운이 좋았어.'

출루에 성공한 브라이언 마일스를 보며 박건이 생각했을 때였다.

"아까 브라이언 마일스가 시도했던 기습번트가 만들어낸 안타다. 브라이언 마일스가 또 기습번트를 감행할 수도 있다. 이렇게 판단한 3루수가 전진수비를 펼치고 있었기 때문에 텍사스안타가 될 수 있었지."

이용운의 지적을 들은 박건이 고개를 끄덕였다.

'만약 3루수가 정상 수비를 펼쳤다면?'

브라이언 마일스의 방금 타구는 텍사스안타가 되지 않았을 확률이 높았다.

워싱턴 내셔널스의 3루수가 충분히 따라가서 잡을 수 있는 위치에 타구가 떨어졌으니까.

잠시 후, 박건이 고개를 갸웃했다.

어제 이용운이 했던 말이 퍼뜩 떠올랐기 때문이었다.

"브라이언 마일스는 번트에 능숙하지 않다면서요?"

해서 박건이 질문을 던지자, 이용운이 대답했다.

"그렇게 말했지."

"하지만……."

"그래서 파울이 됐지."

박건이 반박하지 못하고 입을 다물었다.

브라이언 마일스가 스티븐 스트라스버그를 상대로 시도했던 기습번트는 내야안타가 되지 못했다.

3루 측 파울 라인을 벗어났기 때문이었다.

그리고 브라이언 마일스가 시도한 기습번트 타구는 코스만 아쉬웠던 것이 아니었다.

번트 타구의 속도도 꽤 빨랐던 편이었다.

번트를 댈 때 타구의 힘을 줄이는 데 실패한 탓이었다.

이게 브라이언 마일스가 번트에 능숙한 편이 아니라는 증거.

"그럼 과잉 수비를 한 게 아닙니까?"

거기까지 생각이 미친 순간, 박건이 다시 질문을 던졌다.

이용운의 주장대로라면 브라이언 마일스는 번트에 능숙하지 않았다. 그렇지만 워싱턴 내셔널스의 3루수는 브라이언 마일스가 재차 기습번트를 감행할 것에 대비해서 전진수비를 펼친 탓에 텍사스안타를 허용했다.

박건은 이 부분이 과잉 수비였다고 판단한 것이었다.

"전진수비를 펼칠 수밖에 없었다.

그때 이용운이 말했다.

"왜요?"

"모르니까."

"……?"

"브라이언 마일스가 번트에 능숙하지 않다는 것, 소속 팀 감독인 조 매팅리도 모른 채 지난 경기에서 희생번트를 지시했었다. 그런데 워싱턴 내셔널스의 3루수가 그 사실을 과연 알 수 있었을까?"

"당연히… 몰랐을 확률이 높네요."

"그래서 과잉 수비가 아니었다. 오히려 브라이언 마일스가 영리하게 그 점을 파고들어 이용했던 셈이지."

비로소 박건이 상황을 이해했을 때, 이용운이 다시 입을 뗐다.

"과정이야 어쨌든 브라이언 마일스가 출루에 성공하며 득점 찬스가 만들어졌다. 이제 후배가 나설 차례다."

"네."

박건이 타석에 들어선 순간, 이용운이 덧붙였다.

"천적의 무서움을 보여주거라."

                    *   *   *

4타수 2안타 3타점.

뉴욕 메츠 소속 선수 시절, 박건이 마지막으로 스티븐 스트라스버그를 상대했던 경기 타석에서 기록했던 성적이었다.

얼핏 살피기에는 평범해 보이는 성적.

그렇지만 한 꺼풀 벗기고 살펴보면 상황이 달랐다.

박건이 기록한 2안타 가운데는 홈런이 하나 포함되어 있었고, 그 홈런이 끝내기 결승 홈런이었기 때문이었다.

그 경기에서 박건이 스티븐 스트라스버그를 상대로 끝내기홈런을 때려낼 수 있었던 원동력은 그의 투구 습관을 캐치해 내는 데 성공했기 때문이었다. 그리고 투구 습관은 쉽게 바꿀 수 있는 게 아니었다.

스티븐 스트라스버그는 여전히 같은 습관을 갖고 있었다.

오직 박건만이 알고 있는 스티븐 스트라스버그의 투구 습관.

만약 박건이 KBO 리그로 복귀했다면?

스티븐 스트라스버그의 투구 습관을 간파하고 있다는 것은 더 이상 아무짝에도 소용이 없었을 것이었다.

더 이상 타석에서 스티븐 스트라스버그를 상대할 기회가 없었을 테니까.

그렇지만 박건은 KBO 리그에 복귀하지 않고 마이애미 말린스 소속 선수로 메이저리그 도전을 이어나갈 수 있게 됐다. 그래서 스티븐 스트라스버그의 투구 습관을 간파하고 있는 것은 여전히 쓸모가 있었다.

슈아악.

"볼."

스티븐 스트라스버그가 3구째로 던진 바깥쪽 직구는 낮았다.

'신중하게 승부한다?'

자신을 상대로 스티븐 스트라스버그가 던진 세 개의 공.

모두 바깥쪽 코스로 파고들었다.

또, 철저하게 낮게 제구하기 위해서 애쓰고 있었다.

'기억하고 있어.'

잠시 후, 박건의 입가로 희미한 미소가 머금어졌다.

스티븐 스트라스버그가 자신을 상대로 신중한 승부를 펼치고 있는 이유가 끝내기홈런을 허용했던 기억을 잊지 않고 있기 때문임을 알아챘기 때문이었다.

'하긴 잊어버리기에는 너무 이르지.'

박건이 배트를 고쳐 쥐며 스티븐 스트라스버그를 노려보았다.

평소라면 대충이라도 수 싸움을 펼쳤으리라.

그러나 오늘은 달랐다.

박건은 수 싸움을 펼치는 것을 완전히 배제하고 스티븐 스트라스버그만 뚫어져라 바라보았다.

그런 박건이 잠시 후 두 눈을 빛냈다.

'늦다.'

스티븐 스트라스버그가 글러브 속에 공을 넣고 그립을 잡는데 걸린 시간.

이전 세 개의 공을 던지기 위해서 그립을 잡을 때보다 조금 더 오랜 시간이 걸렸다는 것을 알아챘기 때문이었다.

빙글. 빙글.

스티븐 스트라스버그는 글러브 속에 손을 넣고 그립을 잡고 있는 상황인 만큼, 박건의 눈에 공이 보일 리 없었다.

그렇지만 지금 그가 글러브 속에서 그립을 잡기 위해서 공을 두 바퀴 회전시키는 모습이 박건의 눈앞에 선명하게 그려졌다.

'파워커브.'

파워커브 그립을 잡을 때만 드러나는 스티븐 스트라스버그의 투구 습관.

해서 스티븐 스트라스버그가 4구째로 파워커브를 던질 거라고 확신한 순간, 그가 투구 동작에 돌입했다.

슈악.

그리고 박건이 확신했던 대로였다.

바깥쪽 코스의 파워커브가 홈플레이트로 날아든 순간 박건이 힘껏 배트를 휘둘렀다.

따악.

타다닷.

경쾌한 타격음이 울려 퍼지기 무섭게 1루 주자 브라이언 마일스가 지체하지 않고 스타트를 끊었다.

타격음만 듣고도 장타라고 타구 판단을 내리는 것이 가능할 정도로 배트 중심에 제대로 걸린 타구였기 때문이었다.

'넘어가라.'

1루로 내달리던 박건이 타구의 궤적을 눈으로 쫓으며 속으로 소리쳤다.

펙.

그러나 타구는 간발의 차로 펜스를 넘기지 못했다.

라인드라이브성으로 날아간 타구는 펜스를 직격하고 튕겨 나왔다. 그리고 워싱턴 내셔널스 우익수의 펜스플레이는 훌륭했다.

"멈춰라."

워낙 잘 맞은 터라 타구 속도가 빨랐고, 우익수의 펜스플레이가 빠르게 이뤄졌다는 것을 확인한 이용운이 멈추라고 지시했다.

그 지시대로 2루에서 멈춘 박건이 고개를 돌리자 1루 주자 브라이언 마일스가 여유 있게 홈으로 파고드는 모습이 보였다.

'발도, 타구 판단도 빨라.'

1—2.

박건의 적시 2루타가 나오며 마이애미 말린스는 한 점을 만회했고, 무사 2루의 득점 찬스가 이어졌다. 그러나 마이애미 말린스는 1회 말 공격에서 동점을 만들어내는 데 실패했다.

클린업트리오에 포진된 브라이언 할리데이와 이안 카스트로가 삼진, 커티스 그랜더슨이 외야플라이로 물러나며 추가득점을 올리지 못하고 이닝이 종료됐다.

"형편없구나."

아쉬운 기색으로 더그아웃으로 돌아오던 박건의 귓가로 이용운의 깊은 한숨 소리가 들려왔다.

$$* \qquad * \qquad *$$

3—4.

8회 초 워싱턴 내셔널스의 공격이 끝났을 때의 스코어였다.

워싱턴 내셔널스는 4회 초와 6회 초 공격에서 한 점씩을 추가했고, 마이애미 말린스는 6회 말 공격에서 2점을 올렸다.

워싱턴 내셔널스가 먼저 도망가면 마이애미 말린스가 따라붙는 형국.

그리고 마이애미 말린스의 득점은 모두 박건이 만들어낸 것이었다.

3타수 2안타 3타점.

두 번째 타석에서 삼진을 당하긴 했지만, 첫 번째 타석과 세 번째 타석에서는 모두 적시타를 터뜨렸다.

이어진 마이애미 말린스의 8회 말 공격은 7번 타자 폴 바셋부터 시작이었다.

그리고 8회 말에도 마운드에 올라온 스티븐 스트라스버그는 여전히 위력적인 구위를 선보였다.

슈아악.

"스트라이크아웃."

7번 타자 폴 바셋을 루킹삼진으로 돌려세운 스티븐 스트라스버그가 주먹을 불끈 움켜쥐었다.

그 모습을 더그아웃에서 지켜보던 박건이 전광판으로 고개를 돌렸다.

104개.

스티븐 스트라스버그의 투구수는 어느덧 100개가 넘어 있었다.

'이번 이닝이 마지막이야.'

투구수를 확인하고 난 후 박건의 마음이 초조해졌다.

박건은 스티븐 스트라스버그의 투구 습관을 간파하고 있었다.

덕분에 오늘 경기에서도 스티븐 스트라스버그를 상대로 2개의 안타를 터뜨리며 3타점을 올렸었고.

그런 스티븐 스트라스버그와 타석에서 한 차례 더 승부하는 것이 박건의 입장에서는 최상이라 할 수 있었다. 그리고 내심 바라고 있는 최상의 상황이 만들어지기 위해서는 마이애미 말린스 타자들이 살아 나가야 했다.

그래서 박건이 대기타석에 서 있던 피터 알론소에게 다가갔다.

3타수 무안타 2삼진.

피터 알론소는 오늘 경기에서 스티븐 스트라스버그의 공을 전혀 공략하지 못하고 있는 상태였다.

"살아 나가야 해."

박건이 피터 알론소에게 당부했다.

그렇지만 이 당부만으로 피터 알론소가 스티븐 스트라스버그를 상대로 갑자기 안타를 뽑아낼 수 있는 것은 아니었다.

그 사실을 잘 알고 있는 박건이 덧붙였다.

"지금."

"……?"

"한국어 단어야."

"갑자기 왜 한국어 단어를 알려주는 거야? 혹시 지금 날 상대로 한국어 강의라도 하려는 거야?"

의아한 표정을 지은 채 피터 알론소가 질문했다.

"물론 그건 아냐."

박건이 고개를 흔들며 다시 입을 뗐다.

"뜻은 알 것 없어. 그냥 이 단어를 기억해 둬."

"왜……?"

"내가 더그아웃에서 '지금'이라고 한국말로 소리를 지를 거야. 그때는 스티븐 스트라스버그가 파워커브를 던질 거야. 그 파워커브를 공략해."

"그게… 무슨 소리야?"

"길게 설명할 시간이 없어."

"왜 시간이 없다는 거야?"

"주심이 아까부터 째려보고 있거든."

박건이 씩 웃으며 덧붙였다.

"마지막으로 한 번만 더 설명할게. 내가 더그아웃에서 '지금'

이라고 소리치면 스티븐 스트라스버그가 파워커브를 던질 거야. 그때 파워커브를 노리고 공략해서 안타를 만들어내. 어때? 제대로 이해했어?"

"응? 응."

"좋아. 그럼 집중해."

피터 알론소는 반신반의하는 표정을 짓고 있었다. 그러나 박건은 더 설명하는 대신 더그아웃으로 돌아왔다.

그리고 시작된 피터 알론소와 스티븐 스트라스버그의 대결.

슈아악.

스티븐 스트라스버그는 초구로 몸쪽 직구를 던졌다.

"볼."

조금 낮았다고 판단한 주심은 스트라이크 선언을 하지 않았다.

슬쩍 미간을 찌푸렸던 스티븐 스트라스버그가 포수와 사인을 교환한 후, 글러브 속에 공을 넣고 그립을 잡았다.

'늦다.'

초구 직구를 던질 때보다 그립을 잡는 데 걸린 시간이 길다는 것을 확인한 박건이 두 눈을 빛내며 소리쳤다.

"지금."

그 목소리가 들렸을까?

타격자세를 취하고 있던 피터 알론소가 움찔하는 모습이 보였다.

슈악.

잠시 후, 스티븐 스트라스버그가 2구째 공을 던졌다.

'파워커브.'

부지불식간에 더그아웃에서 타격자세를 취하고 있던 박건이 작게 말했다.

"타이밍을 한 박자 늦추고 지금 배트를 휘둘러!"

따악.

박건이 스윙을 가져간 순간, 피터 알론소도 스윙했다.

정확한 타이밍에 배트 중심에 맞은 타구는 유격수의 키를 넘기는 좌전 안타가 됐다.

"됐다."

피터 알론소가 스티븐 스트라스버그의 파워커브를 공략해서 안타를 만들어낸 것을 확인하고 박건이 주먹을 불끈 움켜쥐었을 때였다.

"비밀을 공유하는 것, 여기까지다."

이용운이 말했다.

"저도 알고 있습니다."

박건이 고개를 끄덕여 수긍했다.

이용운이 간파해 낸 스티븐 스트라스버그의 투구 습관을 다른 이들도 알게 된다면?

비밀은 더 이상 비밀이 아니게 됐다. 그리고 스티븐 스트라스버그는 바보가 아니었다.

파워커브를 던질 때마다 타자들에게 공략당하는 것이 반복되면 그 역시 의구심을 품을 것이었다. 그래서 얼마 지나지 않아 투구 습관이 노출된 것을 파악하고 그 습관을 버릴 것이었다.

'그럼 안 되지.'

워싱턴 내셔널스 구단은 마이애미 말린스와 함께 내셔널리그 동부 지구에 속해 있었다.

앞으로도 두 팀 사이에 예정된 대결이 많이 남아 있었고, 박건은 앞으로도 계속 스티븐 스트라스버그의 천적으로 남고 싶었다.

자신을 위해서도, 또 팀을 위해서도 필요했으니까.

'대타자를 기용할 거야.'

예상대로 조 매팅리 감독은 헥터 노에사 타순에 대타자 제임스 블랙먼을 기용했다. 그리고 제임스 블랙먼은 조 매팅리 감독의 기대에 부응했다.

슈아악.

따악.

스티븐 스트라스버그가 초구로 던진 바깥쪽 직구를 공략해서 투수 곁을 스치며 외야로 빠져나가는 중전안타를 만들어냈다.

1사 1, 2루로 상황이 바뀐 순간, 박건이 주시한 것은 워싱턴 내셔널스의 더그아웃이었다.

워싱턴 내셔널스의 데이브 마르티네즈 감독이 실점 위기에 처한 스티븐 스트라스버그를 교체할 가능성도 충분히 있었기 때문이었다.

그렇지만 데이브 마르티네즈 감독은 투수 교체를 하기 위해서 더그아웃을 박차고 나오지 않고 그냥 지켜보았다.

"다행이다."

그것을 확인하고 박건이 안도했을 때, 브라이언 마일스와 스티븐 스트라스버그의 대결이 시작됐다. 그리고 대결은 오래가지 않았다.

슈악.

딱.

브라이언 마일스는 스티븐 스트라스버그의 2구째 슬라이더를 공략했다.

그러나 배트 끝 부분에 걸리며 정타가 되지 못했다.

툭. 툭. 툭.

브라이언 마일스가 때려낸 땅볼타구는 짧은 바운드를 잇따라 일으키면서 유격수 앞으로 굴러갔다.

'병살타!'

그 땅볼타구를 바라보던 박건이 딱딱하게 표정을 굳혔다.

6—4—3으로 이어지는 병살타가 될 확률이 무척 높은 땅볼타구였기 때문이었다.

'내가 스티븐 스트라스버그를 타석에서 상대할 수 있는 기회

가 찾아오지 않을 수도 있어.'

워싱턴 내셔널스의 유격수는 침착하게 타구를 포구해서 2루로 송구했다.

"아웃."

그리고 2루수가 1루로 힘껏 송구했다.

"세이프."

타자주자 브라이언 마일스의 발이 베이스를 밟은 것이 송구가 도착하는 것보다 더 빨랐다고 판단한 1루심이 세이프를 선언하고 나서야 박건이 안도의 한숨을 내쉬었다.

스티븐 스트라스버그를 타석에서 상대할 수 있는 기회가 간신히 찾아왔기 때문이었다.

2사 1, 3루 상황에서 박건이 타석에 들어섰을 때였다.

"오늘 경기는 무조건 이겨야 한다. 수훈 선수 인터뷰를 꼭 해야 하거든."

이용운이 불쑥 말했다.

"왜 수훈 선수 인터뷰를 꼭 해야 하는 겁니까?"

박건의 질문에 이용운이 대답했다.

"허니문 기간을 더 늘려야 하니까."

*   *   *

슈아악.

딱.

로건 레너드가 때린 땅볼타구.

폴 바셋이 잡아내서 침착하게 1루로 송구했다.

"아웃."

1루수가 아웃을 선언하며 경기가 끝이 났다.

최종 스코어 6—4.

박건이 8회 말 2사 1, 3루 상황에서 터뜨린 석 점 홈런에 힘입어 마이애미 말린스는 연승 숫자를 6으로 늘리는 데 성공했다.

4타수 3안타 6타점.

혼자서 팀 득점을 모두 쓸어 담았던 박건이 경기 MVP로 뽑힌 것은 당연한 결과였다.

수훈 선수 인터뷰에 나선 박건에게 캐스터가 질문을 던졌다.

"워싱턴 내셔널스의 에이스이자 메이저리그 최정상급 투수 중 한 명인 스티븐 스트라스버그를 박건 선수가 무너뜨렸습니다. 특히 스티븐 스트라스버그에게 강한 면모를 보이고 있는 편인데 특별한 이유나 비법이 있습니까?"

'나만 알고 있는 스티븐 스트라스버그의 투구 습관이 있거든요.'

이게 박건이 메이저리그 최정상급 투수인 스티븐 스트라스버그를 상대로 유독 강한 면모를 보이고 있는 진짜 이유였다.

그렇지만 특급 비밀을 자신의 입으로 밝힐 수는 없는 노릇.

해서 박건이 급조한 다른 이유를 꺼냈다.

"특별한 비법이나 이유는 없습니다. 노림수가 통했습니다."

"노림수가 통했다? 정말 그 이유뿐입니까?"

박건의 대답이 부족하다고 판단한 걸까.

아쉬운 기색을 드러내고 있는 캐스터의 반응을 확인한 박건이 덧붙였다.

"굳이 한 가지 이유를 더 꼽자면 스티븐 스트라스버그가 던지는 공에 타이밍이 유난히 잘 맞는 것 같습니다."

급조해서 덧붙인 대답이 이번에는 마음에 든 걸까.

캐스터가 고개를 끄덕이며 화제를 돌렸다.

"오늘 경기에서 박건 선수는 무려 6타점을 올렸습니다. 득점 찬스에 아주 강한 편인데요. 오늘 박건 선수는 본인의 플레이에 만족하십니까?"

"제 플레이에는 만족하고 있습니다. 그렇지만 아쉬운 점도 존재합니다."

"대체 어떤 점이 아쉬운 겁니까?"

"2번 타순이 아니라 클린업트리오에 포진했다면 좀 더 많은 타점을 올렸을 수도 있지 않았을까? 이런 생각이 들어서 아쉽습니다."

"아, 3번이나 4번 타순에 포진했다면 찬스가 더 자주 찾아올 테고 지금보다 타점을 더 올릴 수도 있었는데 2번 타순에 포진했던 바람에 그렇게 하지 못한 것에 아쉬움을 느끼신 것이군요."

"네, 그렇지만 이건 제가 어찌할 수 없는 부분이라고 생각합니다. 선수 기용과 타순을 정하는 것은 어디까지나 감독님의 고유 권한이니까요."

"그렇긴 하지만… 저도 궁금하긴 하네요. 박건 선수가 중심 타선에 포진하면 과연 더 많은 타점을 올릴 수 있을지 여부가 말입니다."

캐스터가 호흡을 고른 후 다시 입을 뗐다.

"자, 이제 마지막 질문입니다. 오늘 경기에서 역전승을 거두면서 마이애미 말린스는 6연승을 달리고 있습니다. 박건 선수는 마이애미 말린스의 연승 행진이 언제까지 이어질 것으로 예상하십니까?"

내심 기다리고 있었던 질문이 캐스터에게서 날아든 순간, 박건이 양 손바닥을 쫙 펼치며 대답했다.

"10연승까지는 가능할 거라고 예상하고 있습니다."

제4장

　"확실히 홍보 효과가 있구나."

　방송 시작 전, 동시접속자 수를 확인한 이용운이 흡족한 표
정을 지었다.

　직접 경기장에 찾아왔던 관중들은 경기가 끝나고도 자리를
뜨지 않고 박건이 했던 수훈 선수 인터뷰를 지켜보았다.

　또, 마이애미 말린스 구단에서 운영하는 홈페이지와 인터넷
에 올라와 있는 박건의 수훈 선수 인터뷰 영상을 본 사람들도
많았다

　그리고 박건이 했던 수훈 선수 인터뷰가 화제가 된 것은 인
터뷰 도중에 폭탄 발언을 했기 때문이 아니었다.

진짜 이유는 박건이 독특한 방식으로 너튜브 개인 방송인 '더 독해져서 돌아온 독한 야구'를 홍보했기 때문이었다.

"10연승까지는 가능할 거라고 예상하고 있습니다."

마이애미 말린스의 연승 행진이 언제까지 이어질 걸로 예상하느냐는 캐스터의 질문에 박건이 했던 대답이었다.

그 대답을 꺼내는 과정에서 박건은 양손을 앞으로 내밀고 손가락을 쫙 펼쳤었다.

10승을 의미하는 손동작.

그렇지만 그 손동작에는 홍보가 숨어 있었다.

—더 독해져서 돌아온 독한 야구.

박건의 왼 손바닥에 적혀 있던 문구.

—오늘 밤 12시 두 번째 방송.

박건의 오른 손바닥에 적혀 있던 문구.

이것이 이용운이 무조건 경기에서 이겨서 수훈 선수 인터뷰를 꼭 해야 한다고 박건에게 강조했던 진짜 이유였다.

그런 이용운의 홍보 전략은 제대로 먹혀들었다.

'더 독해져서 돌아온 독한 야구'의 첫 방송 때보다 접속자 수가 훨씬 늘어난 것이 나름의 홍보 전략이 통했다는 증거였다.

"슬슬 시작해 볼까?"

방송을 시청하기 위해서 접속한 인원의 수가 늘어났다는 것. 분명히 고무적이었다.

그렇지만 이들 중 가장 중요한 시청자는 잭 대니얼스 단장이었다.

마이애미 말린스 단장인 잭 대니얼스는 구단 운영에 관여할 수 있는 결정권자 중 한 명이었기 때문이었다.

"방송을 시작하기 전에 하나 궁금한 게 있습니다."

"뭐가 궁금하냐?"

"경기 중에 제가 수훈 선수 인터뷰를 꼭 해야 하는 이유가 허니문 기간을 더 늘려야 하기 때문이라고 말씀하셨습니다."

"그랬지."

"그 방법이 대체 뭡니까?"

이용운이 대답했다.

"타순 조정이다."

*   *   *

"너튜브 개인 방송 '더 독해져서 돌아온 독한 야구'는 선수, 감독, 심지어 팬들까지 모두 독하게 까는 해설 방송입니다. 심장이 약한 분들과 임산부, 그리고 노약자는 가능한 시청을 금해주시기 바라며, 한층 더 독해져서 돌아온 만큼 일반인들 중에서도 마음의 평온을 유지하는 데 어려움을 겪고 있는 분들은 시청하지 않으시는 편이 좋은 것 같습니다. 그럼 '더 독해져서 돌아온 독한 야구' 두 번째 방송을 시작하겠습니다."

방송이 시작된 순간, 잭 대니얼스가 위스키가 담긴 잔을 탁자 위에 올려두며 집중하기 위해 애썼다.

"오늘은 무슨 얘길 할까?"

뉴욕 메츠와 단행한 트레이드 이후, 마이애미 말린스는 파죽의 6연승을 달리고 있었다.

그러니 마이애미 말린스에 대해서 비난하기는 어려운 상황.

그래서 안심하고 있던 잭 대니얼스의 표정이 이내 구겨졌다.

"마이애미 말린스는 현재 6연승을 달리고 있습니다. 그럼 마이애미 말린스의 연승 행진이 언제까지 이어질까요? 박건 선수는 수훈 선수 인터뷰에서 마이애미 말린스의 연승 행진 숫자가 10까지 늘어날 것이라고 예상했습니다. 10연승을 거둘 자신이 있다고 밝혔죠. 그렇지만 너무 순진한, 또 너무 낙관적인 생각입니다. 제가 판단하기에 마이애미 말린스의 연승 행진은 내일 경기에서 끝날 확률이 높습니다."

"아주 악담을 퍼부어라."

잭 대니얼스 역시 박건과 같은 마음이었다.

마이애미 말린스의 연승 행진 숫자가 10까지 늘어나길 바라고 있었다.

아니, 내심 연승 행진이 좀 더 길게 이어지길 바랐다.

그런데 '더 독해져서 돌아온 독한 야구' 진행자는 마이애미 말린스의 연승 행진이 6연승에서 끝날 것이라고 예상했다.

그러니 어찌 기분이 좋을 수 있을까?

"제가 내일 경기에서 마이애미 말린스의 연승 행진이 끝날 거라고 예상한 데는 이유가 있습니다. 현재 마이애미 말린스라는 팀이 형편없기 때문입니다."

'형편없다?'

잭 대니얼스가 더욱 미간을 찌푸렸다.

연승 행진을 이어나가고 있는 마이애미 말린스를 향해 형편없다고 평가한 것이 신경에 거슬렸기 때문이었다.

"지금 마이애미 말린스를 한마디로 요약하면 '박건 원맨팀'입니다. 속된 말로 박건 선수 혼자서 야구를 하고 있죠. 박건 선수 혼자서 멱살을 끌고 마이애미 말린스의 연승을 이끌고 있다고 해도 과언이 아닙니다."

"흐음."

"제 표현이 너무 과하다고 생각하십니까? 그럼 마이애미 말린스가 6연승을 달리고 있는 동안, 박건 선수를 제외한 다른 선수들이 남긴 성적을 확인해 보시죠. 그 성적을 확인하고 나시면 제 표현이 절대 과하지 않았다는 것을 알 수 있을 겁니다."

잭 대니얼스가 잔을 들어 위스키를 한 모금 마셨다.

댓글을 써서 반박하고 싶었지만, 그럴 수가 없었다.

박건을 제외한 다른 마이애미 말린스 선수들의 활약상이 무척 미비했다는 것은 사실이었으니까.

굳이 자료를 찾아볼 필요도 없었다.

브라이언 할리데이, 이안 카스트로, 커티스 그랜더슨까지.

마이애미 말린스의 클린업트리오를 구축하고 있는 세 선수들은 오늘 경기에서 12타수 무안타로 부진했다.

'만약 박건이 이들을 대신해서 해결사 역할을 해주지 않았다면?'

마이애미 말린스는 워싱턴 내셔널스와의 3연전 1차전에서 6-4로 승리한 게 아니라 0-4로 패했을 것이었다.

"답답하네."

잭 대니얼스가 재차 한숨을 내쉬었다.

이 세 선수들이 타석에서 동반 부진하면서 마이애미 말린스는 추가득점을 올릴 수 있는 기회를 연신 허공에 날려 버렸다.

그로 인해 어렵게 경기를 풀어갈 수밖에 없었고.

더 큰 문제는 이들이 언제 타격감을 회복하면서 팀에 도움이 될지 기약조차 어렵다는 점이었다.

그리고 '더 독해져서 돌아온 독한 야구' 진행자도 그 사실을 알고 있었다.

"타자들의 타격감에는 사이클이 있습니다. 갑자기 마이애미 말린스 타자들의 타격감이 살아나길 바라기는 힘들죠. 그래서 제가 마이애미 말린스의 연승 행진이 내일 경기에서 끝날 가능성이 높다고 예상했던 겁니다. 투타 모두 워싱턴 내셔널스가 마이애미 말린스를 압도하는 것이 사실이니까요."

네이선 불러 VS 멕스 슈어저.

내일 경기 양 팀의 선발 매치업이었다.

워싱턴 내셔널스의 선발투수인 멕스 슈어저가 마이애미 말린스의 선발투수인 네이선 불러에 비해 앞서 있다는 것은 부인할 수 없는 사실이었다.

게다가 잭 스튜어트와 브라이언 모란이 떠난 마이애미 말린스 불펜진도 워싱턴 내셔널스 불펜진과 비교하면 상대적으로 열세였다.

그러니 내일 경기는 투타 양 측면에서 워싱턴 내셔널스가 마이애미 말린스에 압도적으로 우세했다.

"내일 경기도… 박건에게 기댈 수밖에 없군."

마이애미 말린스가 워싱턴 내셔널스보다 유일하게 앞서는 것.

미친 타격감을 유지한 채 맹활약을 이어나가고 있는 박건뿐이었다.

그때 '더 독해져서 돌아온 독한 야구'의 진행자가 다시 말했다.

"마이애미 말린스가 바랄 수 있는 것은 박건 선수가 미친 활약을 계속 이어나가는 것뿐일 겁니다."

'또 속마음을 읽혔군.'

잭 대니얼스가 움찔했을 때, 진행자의 멘트가 이어졌다.

"그럼 지금 마이애미 말린스가 해야 할 일은 박건 선수를 돕는 겁니다. 즉, 미친 활약을 이어나가고 있는 박건 선수 활용법을 극대화하는 겁니다."

"어떻게……?"

"박건 선수의 가장 큰 장점이 무엇이라고 생각하십니까? 저는 박건 선수의 가장 큰 장점이 해결사 능력이라고 생각합니다. 득점 찬스에서 무척 강한 모습을 보이며 많은 타점을 올리고 있죠."

"나도 같은 생각이야."

잭 대니얼스가 '더 독해져서 돌아온 독한 야구' 진행자의 의견에 동조했을 때였다.

"그래서 지금 필요한 것은 박건 선수가 타석에 들어섰을 때 득점 찬스를 더 많이 만들어내는 겁니다. 쉽게 말해 박건 선수 타석 때 루상에 더 많은 주자들이 나가 있어야 한다는 겁니다. 같은 홈런이라도 솔로홈런일 경우에는 1점밖에 얻지 못하지만, 만루홈런일 경우엔 4점을 얻을 수 있으니까요."

잭 대니얼스가 탁 소리가 나게 무릎을 쳤다.

'더 독해져서 돌아온 독한 야구' 진행자가 꺼낸 해답.

현 상황에서는 가장 맞는 해답이란 생각이 들었다.

그때, 진행자가 덧붙였다.

"그것을 위해서는 타순을 대폭 조정해야 합니다."

*　　　　*　　　　*

스윽.

조 매팅리가 팔짱을 낀 채 탁자 위에 올려져 있는 종이를 바라보았다.

〈마이애미 말린스 예상 선발 라인업〉

1. 브라이언 마일스.

2. 피터 알론소.

3. 폴 바셋.

4. 박건.

5. 커티스 그랜더슨.

6. 브라이언 할리데이.

7. 이안 카스트로.

8. 닐 워커.

9. 네이션 뷸러.

Pitcher. 네이션 뷸러.

종이 위에 적혀 있는 것은 마이애미 말린스 예상 선발 라인업 명단이었다. 그리고 이 예상 선발 라인업 명단은 조 매팅리가 작성한 것이 아니었다.

잭 대니얼스 단장이 직접 작성해서 갖고 온 선발 라인업 명단이었다.

"참고해 줬으면 좋겠군."

간략한 멘트와 함께 잭 대니얼스 단장이 직접 작성해서 건네준 마이애미 말린스 선발 라인업 명단을 확인한 후, 조 매팅리는 무척 당황했다.

'이게… 대체 뭐지?'

이런 생각이 퍼뜩 들었을 정도로 타순에 큰 변화가 있었기 때문이었다.

마음 같아서는 그냥 무시하고 싶었다.

와락 구겨서 쓰레기통에 던져 버리고 싶었는데.

조 매팅리는 그렇게 하지 못했다.

이 선발 라인업을 작성한 것이 바로 잭 대니얼스 단장이었기 때문이었다.

"최대한 신중하게 검토해 보고 난 후, 다시 의견을 교환해 보세."

잭 대니얼스 단장은 검토 후에 서로 의견을 교환해 보자고 말했지만, 그건 불가능했다.

다시 잭 대니얼스 단장을 만나서 의견을 교환할 수 있는 시간이 없었기 때문이었다.

"내가 시키는 대로 하란 뜻이로군."

조 매팅리가 쓴웃음을 머금었다.

선택의 여지가 거의 없다는 사실을 깨닫고 난 후, 조 매팅리는 잭 대니얼스 단장이 작성한 선발 라인업 중 변경된 타순을 신중하게 검토했다. 그리고 좀 더 신중하게 검토한 후 조 매팅리의 생각은 조금 바뀌었다.

"아주 엉터리는 아니군."

변경된 타순 중 가장 눈에 띄는 점은 기존에 2번 타순에 포진됐던 박건이 4번 타순에 포진됐다는 점이었다. 그리고 박건을 4번 타순에 포진시킨 이유는 짐작이 갔다.

"가장 타격감이 좋으니까."

마이애미 말린스로 이적한 후 박건의 타석에서의 활약상.

예상을 훌쩍 뛰어넘는 활약상이었다.

아니, 이 정도 표현으로는 부족했다.

속된 말로 타격감이 미친 수준이었다.

그리고 마이애미 말린스 야수들 가운데 가장 타격감이 좋고 해결사 역할을 도맡아 하고 있는 박건을 2번 타순에 계속 포진시키는 것은 분명 아쉬웠다.

그래서 득점 찬스가 좀 더 많이 찾아오는 4번 타순에 포진시켰을 것이었다.

또 하나 눈에 띄는 점은 기존에 하위타순에 포진됐던 피터 알론소와 폴 바셋을 상위타순에 포진시켰다는 것이었다.

"피터 알론소와 폴 바셋이 브라이언 할리데이와 이안 카스트로보다 나은 점이 있나?"

선발 라인업 명단에 적혀 있는 피터 알론소와 폴 바셋의 이름을 물끄러미 바라보던 조 매팅리가 팔짱을 풀고 휴대전화를 집어 들었다.

뚜루루. 뚜루루.

네 번째 벨이 울렸을 때, 잭 대니얼스 단장이 전화를 받았다.

"검토해 봤나?"

"네. 검토해 봤습니다."

"어떤 것 같은가?"

"제 의견을 말씀드리기 전에 하나 궁금한 게 있습니다."

"뭔가?"

"피터 알론소와 폴 바셋을 2번과 3번 타순에 포진시킨 이유가 있습니까?"

"물론 있네."

"그 이유가 대체 뭡니까?"

"성적이네."

"단장님이 착각하셨나 본데, 올 시즌 타율은 브라이언 할리데이와 이안 카스트로가 더 높습니다."

"착각하지 않았네. 나도 그 정도는 알고 있으니까."

"그런데 왜……?"

"내가 말했던 성적은 올 시즌 타율이 아니네. 마이애미 말린스가 연승을 달리고 있는 최근 6경기에서의 타율을 말했던 거지. 그리고 타율보다 더 중요하게 고려했던 점이 있었네."

"그게 뭡니까?"

잭 대니얼스가 대답했다.

"출루율이네."

*   *   *

"출루율… 이요?"

"내가 박건을 4번 타순에 포진시킨 이유가 뭐라고 생각하나?"

"박건이 갖고 있는 해결사 본능을 최대한 활용하기 위해서라고 판단했습니다."

"정답이네. 그것을 위해서는 무엇이 필요할까? 박건을 단순히 4번 타순에 포진시키는 것으로는 부족하지. 4번 타자 박건이 타석에 들어섰을 때, 루상에 주자가 많이 나가 있는 것이 필요해. 그래서 지난 6경기 성적에서 브라이언 할리데이와 이안 카스트로보다 타율과 출루율이 더 높은 피터 알론소와 폴 바셋을 상위타순에 포진시켰던 것이네."

잭 대니얼스와 통화를 하던 조 매팅리의 표정이 시시각각 바뀌었다.

'일리가… 있다.'

잭 대니얼스가 타순에 큰 변화를 준 이유.

나름 일리가 있다는 생각이 들었다.

그리고 조 매팅리가 지금껏 생각해 본 적 없었던 변화였다.

'고정관념.'

순간, 조 매팅리가 떠올린 단어였다

브라이언 할리데이, 이안 카스트로, 커티스 그랜더슨.

이 세 선수는 꽤 오랫동안 마이애미 말린스의 클린업트리오를 맡고 있었다.

또, 마이애미 말린스에서 가장 인지도가 높았던 선수들이었고.

그래서 이 선수들은 클린업트리오가 아닌 다른 타순에 포진시키는 것을 지금껏 생각해 본 적 없었다.

당연히 이 세 선수들이 클린업트리오에 포진시켜야 한다고 생각했다.

그런데 그게 고정관념이었을 수도 있다는 생각이 퍼뜩 들었다.

'이름값으로 야구를 하는 건 아니니까.'

멀리서 찾을 것도 없었다.

마이애미 말린스 이적 후 속된 말로 미친 활약을 펼치고 있는 박건이 이름값으로 야구를 하는 게 아니란 증거였다.

"이제 궁금한 건 다 해소되었나?"

그때, 잭 대니얼스 단장이 물었다.

"그렇습니다."

"그럼 이제 자네가 대답할 차례로군. 어떤가?"

"솔직히 말씀드리면… 마음에 들지 않습니다."

"내가 짠 마이애미 말린스의 새로운 타순이 마음에 들지 않는다?"

"네."

"마음에 들지 않는 이유는?"

"꼼수이기 때문입니다. 그렇지만……."

"그렇지만 뭔가?"

"한번 사용해 볼 가치가 있는 꼼수라고 생각하고 있습니다."

*　　　　　*　　　　　*

잭 대니얼스의 바람대로 박건이 오늘 경기에서도 미친 타격감을 유지하면서 미친 활약을 계속 펼쳐준다면?

또, 상위타순에 포진한 피터 알론소와 폴 바셋이 출루에 성공하면서 박건의 앞에 주자가 모인다면?

마이애미 말린스의 득점력이 눈에 띄게 상승하면서 오늘 경기에서 승리를 거둘 확률도 그만큼 높아지리라.

그럼에도 불구하고 조 매팅리가 불안함을 느낀 이유는… 너무 큰 폭의 변화였기 때문이었다.

급격한 변화는 반발을 불러오기 마련.

트레이드를 통해서 새로이 마이애미 말린스로 합류한 박건을 포함한 네 선수들이 계속 선발 출전하면서 마이애미 말린스는 연승 행진을 달리고 있었다.

마이애미 말린스 입장에서는 분명히 호재.

그러나 빛이 있으면 어둠도 존재하기 마련이었다.

네 선수가 선발 출전하면서, 본인의 입지를 잃어버린 선수들도 존재했다.

기존 주전선수들이었던 피터슨 오브라이언과 마틴 프로도, 브라이언 앤더슨, 오스틴 딘은 주전에서 밀려났다.

그로 인해 불만을 품지 않았다면 거짓말일 터.

이런 상황에서 타순 조정을 단행하면서 기존 클린업트리오에 속해 있던 브라이언 할리데이와 이안 카스트로가 하위타순으로 밀려나면?

그들 역시 불만을 품을 가능성이 높았다.

'팀 분위기를 해칠 가능성이 있어.'

조 매팅리가 우려하는 부분은 바로 이것이었다.

'과연… 이게 옳을까?'

확신이 서지 않았다.

그래서 고민하던 조 매팅리가 이내 쓴웃음을 머금었다.

쓸데없는 고민임을 이내 깨달았기 때문이었다.

'어차피 선택의 여지가 없지.'

잭 대니얼스 단장의 입김은 강했다.

게다가 잭 대니얼스 단장이 직접 주도했던 트레이드로 마이애미 말린스로 이적한 박건을 포함한 네 선수들의 활약상은 무척 뛰어났다.

잭 대니얼스 단장에게 한껏 힘이 실린 상황.

'아직은 때가 아니야.'

조 매팅리가 한숨을 내쉬었다.

―잭 대니얼스 단장의 꼭두각시.

자신에 대한 세간의 평가에 대해서 조 매팅리도 잘 알고 있었다.

그렇지만 조 매팅리는 잭 대니얼스 단장의 꼭두각시 역할로 만족할 생각이 없었다.

감독으로서 자신의 역량을 증명하고 싶다는 욕심을 갖고 있었다.

다만 아직은 그 뜻을 펼칠 적당한 때가 아니었다.

마이애미 말린스가 지구 최하위였기 때문이었다.

'적당한 때가 찾아올 때까지 기다리자.'

감독 조 매팅리를 드러낼 수 있는 기회는 분명히 찾아올 터. 그때까지는 참고 기다려야 했다.

조 매팅리가 생각을 정리한 후, 휴대전화를 쥔 손에 힘을 더하며 입을 뗐다.

"단장님의 지시대로 하겠습니다."

            *   *   *

마이애미 말린스와 워싱턴 내셔널스의 3연전 2차전을 앞두고 조 매팅리 감독이 선발 라인업을 발표했다. 그리고 선발 라인업이 발표된 순간, 마이애미 말린스 더그아웃은 크게 술렁였다.

선수들이 큰 폭의 타순 변화를 확인했기 때문이었다.

자신의 이름이 4번 타순에 적혀 있는 것을 확인했지만, 박건은 다른 선수들과 달리 놀라거나 크게 동요하지 않았다.

그 이유는 큰 폭의 타순 변화가 있을 것도, 또 자신이 4번 타순에 포진할 것도 어느 정도 예상했기 때문이었다.

"단장님이 방송을 봤나 보네요."

선발 라인업을 바라보던 박건이 입을 뗐다.

잭 대니얼스 단장이 너튜브 개인 방송 '더 독해져서 돌아온 독한 야구'를 시청했다고 박건이 확신한 이유.

이용운이 방송 중에 언급했던 타순과 조 매팅리 감독이 발표한 타순이 정확히 일치했기 때문이었다.

"박건 선수는 상수입니다. 현재 마이애미 말린스에서 박건 선수보다 타격감과 해결사 능력이 뛰어난 선수는 없기 때문에 무조건 4번 타순에 포진시키는 것이 맞습니다. 그럼 이제 박건 선수가 기존에 맡았던 2번 타순에 누굴 기용하느냐? 여기에 대한 답을 찾아야 합니다. 그런데 이 문제는 의외로 해결이 간단합니다. 마이애미 말린스가 연승 행진을 달리고 있는 최근 여섯 경기에서 어떤 선수의 출루율이 가장 높으냐? 이것 하나만 갖고 결정하면 되기 때문입니다. 박건 선수를 4번 타순에 포진시키는 것이 해결사 능력을 최대한 활용하기 위함인 만큼, 루상에 주자가 얼마나 많이 나가 있는가 여부가 가장 중요한 핵심이니까요. 이런 잣대로 평가하면 2번 타순에는 피터 알론소, 3번 타순에는 폴 바셋을 기용하는 것이 맞습니다."

방송 도중 이용운이 언급했던 타순 변화였다.

—그럼 이안 카스트로랑 브라이언 할리데이는?
—이렇게 타순 바꾸면 망뼐.
—이게 말이 된다고 생각함?
—야알못 방송
—개소리.

이용운이 타순 변화에 대한 언급을 마쳤을 때, 댓글창에 달렸던 댓글들은 대부분 부정적이었다.

그렇지만 조 매팅리 감독이 발표한 선발 라인업 타순은 이용운이 방송 도중 언급했던 타순과 정확히 일치했다.

잭 대니얼스 단장이 '더 독해져서 돌아온 독한 야구'를 시청하고, 이용운의 의견이 일리가 있다고 판단해서 수용한 것이었다.

"외줄 타기를 하는 형국이다."

그때 이용운이 심각한 목소리로 말했다.

"외줄 타기요?"

"만약 내 말대로 타순을 조정했음에도 불구하고 마이애미 말린스가 오늘 경기에서 패한다면 잭 대니얼스 단장은 더 이상 내가 하는 이야기를 신뢰하지 않을 것이니까."

"그럴 수도 있겠네요."

"그리고 내가 외줄 타기를 하고 있다고 표현한 데는 한 가지 이유가 더 있다. 모험 수에 가까운 위험한 선택을 했음에도 불구하고 결과가 좋지 못하다면, 그로 인한 후폭풍이 엄청날 테니까."

"후폭풍이라면……?"

"허니문 기간이 끝났을 때, 부부 싸움이 더 격렬해지겠지."

박건이 두 눈을 껌벅였다.

비유가 섞여서일까.

이용운의 말을 제대로 이해하기 힘들었기 때문이었다.

그런 박건의 속내를 읽은 이용운이 다시 입을 뗐다.

"잘 이해가 안 가지?"

"네? 네."

"그럼 이해하려고 하지 마라."

"하지만……."

"해결 방법이 있으니까."

"그 해결 방법이 뭡니까?"

이용운이 대답했다.

"계속 이기면 다 해결된다."

*   *   *

슈아악.

따악.

묵직한 타격음이 울려 퍼진 순간, 평소와 다름없이 좌익수로 출전한 박건이 빙글 몸을 돌렸다.

타구를 쫓아가기 위해서였다.

그렇지만 박건을 몇 걸음 떼지 않고 이내 멈춰 섰다.

"포기해라."

타구의 궤적을 살피던 이용운이 잡을 수 없는 타구라고 알려줬기 때문이었다.

탕.

외야 관중석 중단에 떨어지는 후안 소토의 타구에서 끝까지 시선을 떼지 않고 바라보던 박건이 표정을 굳혔다.

0―1.

워싱턴 내셔널스의 선발투수는 리그 최정상급 투수인 멕스 슈어저.

그래서 1회 초에 선취점을 허용한 순간, 오늘 경기에서 승리하기 어려울 수도 있단 생각이 퍼뜩 들어서였다.

빙글.

다시 몸을 돌린 박건이 마운드 위에 서 있는 네이션 뷸러를 바라보았다.

2사 후에 후안 소토에게 솔로홈런을 허용한 네이션 뷸러는 고개를 갸웃하고 있었다.

그런 그의 뒷모습이 무척 불안하게 느껴졌을 때였다.

타석에 워싱턴 내셔널스의 4번 타자인 앤서니 론돈이 들어섰다.

풀카운트까지 이어진 승부.

슈아악.

앤서니 론돈은 네이션 뷸러의 6구째 직구를 공략했다.

따악.

역시 묵직한 타격음이 울려 퍼진 순간, 박건이 더욱 굳어진 표정으로 우익수 방면으로 쭉쭉 뻗어 나가는 타구의 궤적을 살폈다.

'백투백홈런?'

네이선 불러가 후안 소토에 이어 앤서니 론돈에게도 홈런을 허용했다고 막 판단한 순간이었다.

끝까지 포기하지 않고 타구를 쫓아간 피터 알론소가 힐끗 타구를 살핀 후, 훌쩍 뛰어오르며 글러브를 쭉 뻗었다.

와아.

와아아.

잠시 후, 마이애미 말린스 홈 팬들의 커다란 환호성이 터져 나왔다.

'잡았다!'

그 환호성을 통해서 박건은 피터 알론소가 앤서니 론돈의 홈런성 타구를 기어이 낚아챘다는 사실을 알아챌 수 있었다.

후우.

박건이 안도의 한숨을 내쉬었다.

피터 알론소가 펼친 엄청난 호수비 덕분에 추가 실점을 허용하지 않고 1회 초 수비가 끝이 났다.

그렇지만 박건은 환하게 웃을 수 없었다.

더그아웃으로 걸어 들어가고 있는 네이선 불러의 자신 없는 뒷모습이 불안하게 느껴졌기 때문이었다.

"하나씩 하자."

그때 이용운이 덧붙였다.

"일단 역전을 해내고 나면 네이션 뷸러의 어깨가 조금은 가벼워질 테니까."

*   *   *

1회 말 마이애미 말린스의 공격.

1번 타자 브라이언 마일스는 타석에 바짝 붙어 섰다.

슈아악.

1볼 노 스트라이크 상황에서 멕스 슈어저가 바깥쪽 직구를 던진 순간, 브라이언 마일스가 배트를 휘둘렀다.

딱.

배트 하단에 걸린 빗맞은 땅볼타구는 3루 측 라인 선상을 타고 느리게 굴러갔다.

타다닷.

1루에서의 승부는 접전이었다.

"세이프."

전력 질주 한 브라이언 마일스의 발이 베이스에 닿은 것이 송구가 1루수의 글러브에 도착한 것보다 간발의 차로 더 빨랐다고 판단한 1루심이 세이프 판정을 내렸다.

그렇지만 데이브 마르티네즈 감독은 1루심의 판정에 승복하지 못하고 비디오판독을 요청했다.

'빨라.'

비디오판독이 진행되는 사이, 박건이 1루 베이스 위에 올라서 있는 브라이언 마일스를 보며 감탄했다.

조금 전 브라이언 마일스가 때린 타구.

평범한 3루 땅볼이었다.

보통의 타자들이었다면 1루에서 아웃이 됐으리라.

그렇지만 브라이언 마일스는 전력 질주를 펼친 끝에 1루심에게서 세이프 판정을 이끌어냈다.

내야안타를 자주 만들어낼 수 있는 브라이언 마일스의 빠른 발.

리드오프 임무를 맡고 있는 브라이언 마일스에게는 엄청난 무기였다.

어지간한 땅볼타구는 내야안타가 될 정도로 브라이언 마일스의 발이 빠르다는 사실은 이제 모든 팀의 내야수들이 간파했을 것이었다.

자연히 브라이언 마일스의 타석에서 내야수들은 더 긴장할 수밖에 없었다.

또, 땅볼타구가 나왔을 때 수비를 서두를 수밖에 없었다.

그러다 보면 수비 시에 실책을 범할 확률이 상승하기 마련이었다.

그리고 내야수들만 골치를 앓는 것이 아니었다.

짧은 타구임에도 브라이언 마일스는 빠른 발을 바탕으로 공격적인 베이스러닝을 통해서 2루까지 노릴 수 있기 때문에 외야수들도 긴장의 끈을 놓을 수 없기는 마찬가지였다.

타 팀의 야수들 입장에서 브라이언 마일스는 여러모로 골칫거리가 될 터였다.

그때, 비디오판독 결과가 나왔다.

"세이프."

원심이 유지된 순간, 1루 주자 브라이언 마일스가 서서히 리드 폭을 늘리기 시작했다. 그리고 마운드에 선 멕스 슈어저에게도 1루 주자 브라이언 마일스는 골칫거리였다.

브라이언 마일스가 언제든지 도루를 시도할 수 있다는 사실을 알고 있는 멕스 슈어저는 잇따라 두 개의 견제구를 던졌다.

슈악.

"볼."

그리고 주자에 신경을 쓰느라 타자인 피터 알론소와의 대결에 집중하지 못했다.

슈악.

"볼."

피터 알론소를 상대로 2구째로 던진 바깥쪽 슬라이더도 볼이 선언되며 2볼 노 스트라이크로 카운트가 몰리자, 멕스 슈어저가 슬쩍 눈살을 찌푸렸다.

이어진 3구째 승부.

슈아악.

멕스 슈어저의 선택은 바깥쪽 직구였다.

따악.

피터 알론소가 가볍게 밀어 때린 타구.

배트 중심에 잘 맞은 편이었다.

그렇지만 타구의 코스가 좋지 않았다.

'병살타?'

2루수 방면으로 빠른 속도로 굴러가는 타구를 확인한 박건이 병살플레이가 될 것을 떠올렸을 때였다.

워싱턴 내셔널스의 2루수가 몸을 던지며 슬라이딩캐치 시도를 했다. 그러나 2루수가 쭉 뻗은 글러브는 타구에 미치지 못했다.

피터 알론소의 땅볼타구가 외야로 빠져나간 사이, 1루 주자였던 브라이언 마일스는 빠르게 2루를 통과해 여유 있게 3루에 안착했다.

"운이… 좋았어."

무사 1, 3루로 상황이 바뀐 순간, 박건이 안도의 한숨을 내쉬었다.

워싱턴 내셔널스의 2루수가 정상 수비위치를 지키고 있었다면, 아까 박건의 우려대로 피터 알론소의 타구는 병살플레이로 이어졌을 가능성이 높았다.

그렇지만 워싱턴 내셔널스 2루수의 수비위치는 2루 베이스 쪽으로 치우쳐 있었다. 그래서 역동작에 걸렸기 때문에 슬라이딩캐치까지 시도했음에도 불구하고, 피터 알론소의 타구를 잡아내는 데 실패했던 것이었다. 그리고 워싱턴 내셔널스 2루수의 수비위치가 2루 베이스 쪽으로 치우쳐 있었던 이유는 브라이언 마일스의 도루 시도 때문이었다.

멕스 슈어저가 피터 알론소를 상대로 3구째 공을 던질 때 1루 주자 브라이언 마일스가 도루를 하기 위해서 스타트를 끊는 것을 확인했기 때문에 워싱턴 내셔널스 2루수가 2루 베이스 쪽으로 움직였던 것이었다.

이것이 박건이 운이 좋았다고 평가했던 이유.

"운이 좋았던 게 아니다."

그렇지만 이용운의 의견은 달랐다.

"약속된 플레이였다."

'이게 약속된 플레이였다고?'

박건이 놀랐을 때, 이용운이 덧붙였다.

"만났다."

"누가 만났단 말입니까?"

"브라이언 마일스와 피터 알론소, 그리고 폴 바셋이 경기 시작 전에 따로 만나서 상의를 했었다."

"왜……?"

"후배만 필사적인 것이 아니다. 그들도 필사적인 것은 마찬가지다. 이번에는 절대 기회를 놓치고 싶지 않을 테니까."

"……?"

"그래서 조 매팅리 감독이 발표한 바뀐 타순을 확인하고 난 후, 본인들에게 주어진 임무가 무엇인가에 대해서 눈치챘을 것이다. 그리고 후배가 타석에 들어서기 전, 루상에 최대한 많은 주자들을 모을 수 있을 방법에 대해서 상의하면서 나름대로 필사적으로 준비를 해 온 것이지."

"그럼······?"

"브라이언 마일스가 출루에 성공하고 나면, 어떤 신호를 보낸 후 도루를 시도한다. 그리고 2루수가 베이스커버가 들어가느라 1, 2루 간이 넓어질 경우에는 피터 알론소 혹은 폴 바셋이 그 방향으로 타구를 보낸다고 미리 약속했을 것이다."

'그랬던 거구나.'

그 사실까진 전혀 몰랐던 박건이 놀란 표정을 짓다가 이내 눈살을 찌푸렸다.

"그런데… 저는요?"

"응?"

"왜 저는 안 불렀던 겁니까?"

브라이언 마일스와 피터 알론소, 그리고 폴 바셋은 트레이드를 통해서 박건과 함께 마이애미 말린스로 이적했었다.

그런데 자신을 쏙 빼놓고 셋만 모여서 상의했다는 사실을 뒤늦게 알고 나자, 서운함과 배신감이 밀려들었다.

"걱정되냐?"

"뭐가요?"

"또 왕따가 될까 봐."

이용운의 지적은 아픈 부분을 찔렀다.

청력에 이상이 생긴 후, 박건은 그 사실을 들키지 않기 위해서 부단히 노력했다.

그 노력의 일환으로 팀 동료들과 거리를 두었다.

팀 동료들과 대화를 단절하고 혼자 틀어박히자 자연히 외톨이 신세가 됐다.

"왕따가 된 게 아니라, 제가 왕따를 시킨 겁니다."

예전 이용운에게는 이렇게 항변했었다.

그렇지만 박건이 왕따였다는 사실은 바뀌지 않았다. 그리고 당시의 아프고 절망스러웠던 기억은 자격지심으로 이어졌다.

이것이 자신만 빼놓고 세 선수들이 모여서 상의를 했다는 것을 뒤늦게 알고 난 후 배신감과 서운함을 느꼈던 이유였다.

"걱정하지 마라. 후배를 의도적으로 따돌렸던 것이 아니니까."

"하지만……."

"함께 모일 이유가 없었던 것이다."

"왜 저는 함께 모일 이유가 없단 겁니까?"

"주어진 미션이 다르거든."

"……?"

"후배를 제외한 세 선수에게는 최대한 많이 출루하라는 임무가 주어졌다. 반면 후배에게는 득점 찬스를 살리라는 해결사 임무가 주어졌다. 이렇게 주어진 미션이 다르다 보니까 같이 모여서 상의를 할 필요가 없었던 거지."

'그랬구나.'

이용운의 설명 덕분에 서운한 감정이 사라졌을 때였다.

"오히려 배려를 해준 셈이지."

이용운이 덧붙였다.

"배려… 요?"

"그래. 선발투수로 출전한 선수에게는 더그아웃에서 아무도 말을 걸지 않는 게 암묵적인 룰이란 것, 후배도 잘 알고 있지?"

"물론 알고 있습니다. 집중력이 흐트러지지 않도록 배려하기 위함이 아닙니까?"

"정확하다. 후배도 그와 비슷한 배려를 받은 셈이다."

"그럼……?"

"해결사 임무를 부여받은 후배가 타석에서만 집중할 수 있도록 도와줘야 한다. 이렇게 판단했기 때문에 후배를 그 자리에 부르지 않았던 거지."

'오늘 내 역할이 선발투수만큼이나 중요하다는 거구나.'

박건이 새삼 오늘 경기 4번 타자로 출전한 자신에게 주어진 임무가 가볍지 않다는 사실을 깨달았을 때였다.

슈악.

딱.

3번 타자 폴 바셋이 멕스 슈어저의 4구째 커브를 공략했다.

그렇지만 높게 떠오른 타구는 멀리 뻗지 못했다.

"인필드플라이."

내야플라이가 된 타구에 심판은 일찌감치 인필드플라이를 선언했다.

아웃카운트가 하나 늘어난 것으로 인해 박건이 아쉬운 기색을 드러냈을 때였다.

"폴 바셋은 철저하게 어퍼스윙을 했다. 이것 역시 약속된 플레이였다."

"무슨 말씀이신지……?"

"병살플레이라는 최악의 상황이 발생하지 않도록 폴 바셋은 의도적으로 어퍼스윙을 계속했던 것이다. 3루 주자였던 브라이언 마일스를 불러들일 수 있는 외야플라이가 나왔다면 최선이었겠지만, 폴 바셋은 최소한의 목적은 달성한 셈이다. 혼자 죽었으니까."

1사 1, 3루 상황에서 박건이 타석에 들어섰다.

'루상에 주자가 둘 있구나.'

평소였다면 타석에서 이렇게 생각했으리라.

그러나 지금은 달랐다.

브라이언 마일스와 피터 알론소, 폴 바셋이 자신이 타석에 설 때 득점 찬스를 만들기 위해서 필사적으로 방법을 찾은 끝에 출루했다는 사실을 알고 있기 때문이었다.

'무조건 불러들인다.'

단단히 각오를 다진 박건이 타석으로 들어섰다.

자신의 최근 타격감이 좋다는 사실을 알고 있기 때문일까.

멕스 슈어저는 신중한 표정으로 포수와 사인을 교환했다.

'직구가 들어오면 공략한다.'

대충 수 싸움을 펼친 박건이 타격자세를 취했을 때였다.

슈아악.

멕스 슈어저가 초구로 직구를 던졌다.

따악.

바깥쪽 낮은 코스의 스트라이크존에 살짝 걸칠 정도로 완벽히 제구된 직구를 박건이 받아 쳤다.

'들어가라. 들어가라.'

1루를 향해 달려가며 타구의 궤적을 살피던 박건이 속으로 외쳤다.

직구를 노리고 있었기에 정확한 타이밍에 배트에 맞았다.

그러나 워낙 제구가 좋았기에 배트 끝부분에 걸렸다.

펜스를 넘기기에는 역부족인 타구.

하지만 코스가 좋았다.

라인 선상 안쪽에 타구가 떨어지기만 한다면 최소 2루타성 타구였다. 그리고 박건의 바람이 통했다.

툭.

박건의 타구는 라인 선상 안쪽에 떨어졌다.

"페어다."

1루를 통과한 박건이 2루로 내달리면서 1루 주자 피터 알론소를 살폈다. 그리고 피터 알론소는 3루에서 멈추지 않고 오히려 속도를 더 끌어 올리며 홈으로 파고들었다.

"홈승부다. 3루를 노려라."

이용운의 지시를 들은 박건이 2루 베이스를 통과해서 거침없이 3루로 내달렸다.

3루 주루코치가 양팔을 들어 올리고 있는 것을 확인한 박건이 천천히 속도를 줄이며 홈승부의 상황을 살폈다.

"세이프."

주심이 가로로 양팔을 벌리고 있는 것을 확인한 박건이 주먹을 불끈 움켜쥐었다.

2—1.

4번 타자 박건의 적시타가 터지면서 마이애미 말린스는 단숨에 역전에 성공했다.

두 명의 주자들을 모두 불러들이는 데 성공한 박건이 기쁜 감정을 주체하지 못하고 있을 때였다.

"아직 안 끝났다."

이용운이 침착한 목소리로 말했다.

그 지적이 옳았다.

1사 3루의 득점 찬스는 여전히 이어지고 있었다. 그리고 타석에 들어선 것은 5번 타자 커티스 그랜더슨이었다.

2볼 2스트라이크 상황에서 멕스 슈어저가 5구째 공을 던졌다.

슈악.

스트라이크존을 통과하기 직전, 체인지업이 아래로 가라앉았다.

부웅.

직구 타이밍에 배트를 휘두르던 커티스 그랜더슨이 급히 배트를 멈춰 세웠다.

"볼."

주심이 배트가 돌지 않았다고 판단하며 볼로 판정한 순간, 이용운이 말했다.

"좋구나."

박건이 고개를 끄덕여 그 의견에 동조했다.

체인지업에 속아서 꼼짝없이 헛스윙 삼진을 당할 거라 예상했는데.

커티스 그랜더슨은 용케 배트를 멈춰 세웠다.

그만큼 타석에서 집중하고 있다는 증거.

풀카운트로 바뀐 순간, 멕스 슈어저가 선택한 공은 바깥쪽 직구였다.

슈아악.

94마일의 구속을 기록한 직구가 날아든 순간, 커티스 그랜더슨이 배트를 돌렸다.

딱.

배트 스피드가 구속을 따라가지 못한 탓에 타이밍이 밀렸다.

그러나 높게 솟구친 타구는 예상보다 더 멀리 뻗었다.

'가능할까?'

우익수가 원래 수비위치에서 두 걸음 뒤로 물러나면서 포구를 준비하는 것을 확인한 박건이 고민에 잠겼다.

태그업을 시도해서 홈승부를 하는 것.

위험할 수도 있다는 생각이 들었기 때문이었다.

"준비해라."

그때, 이용운이 태그업을 하라고 지시했다.

'믿자.'

이용운을 믿기에 박건이 망설임을 지우고 태그업을 했다.

타다닷.

이어진 홈승부.

헤드퍼스트슬라이딩을 감행한 박건의 왼손이 홈베이스를 쓸고 지나간 후에 포수의 태그가 등에 닿았다.

"세이프."

주심이 세이프를 선언한 순간, 이용운이 상기된 목소리로 소리쳤다.

"그래. 이거지."

제5장

3―1.

박건의 2타점 3루타에 이어서 커티스 그랜더슨의 희생플라이까지 나오면서 마이애미 말린스는 1회 말 공격에서 가볍게 역전에 성공했다.

"어메이징!"

"코리아 몬스터."

"크레이지 건."

커티스 그랜더슨의 희생플라이 때 홈으로 파고든 박건이 더그아웃으로 돌아가자, 팀원들이 앞다투어 축하와 환영 인사들을 건넸다.

주먹을 맞대고 인사를 마친 박건이 더그아웃에 앉았을 때였다.

"크레이지 건이라. 딱 마음에 드는 별명이구나."

이용운이 흥이 난 목소리로 말했다.

'괜찮네.'

박건은 마이애미 말린스로 이적 후, 좋은 타격감을 유지하고 있었다.

아니, 좋은 타격감을 유지하고 있다고 표현하기에는 부족할 정도였었다.

그래서 매스컴에서는 '미친 타격감'이라고 표현했다.

그리고 피터 알론소가 '크레이지 건'이란 별명을 붙인 것은 매스컴에서 사용하는 용어 때문이었다.

—crazy+gun.

미쳤단 뜻의 단어와 박건의 이름을 조합한 셈.

그런데 이 별명에는 중의적인 의미도 담겨 있었다.

그래서 박건도 내심 '크레이지 건'이란 표현이 마음에 들었지만 애써 겉으로 그 감정을 드러내지 않기 위해 애쓰고 있을 때였다.

"또 왜 그래?"

이용운은 역시 눈치가 빨랐다.

자신의 표정을 확인하고서 질문을 던졌다.

"서운해서요."

"뭐가 서운해?"

"선배님의 리액션 때문에 서운합니다."

"……?"

"제가 루상의 주자들을 모두 불러들이는 2타점 3루타를 때렸을 때 선배님은 칭찬 한마디 하지 않으셨습니다. 그런데 커티스가 희생플라이를 때렸을 때는 어떤 리액션을 보이셨는지 기억하십니까?"

"기억이… 잘 안 난다."

"기억이 안 나시는 겁니까? 기억이 나지 않으시는 척하시는 겁니까?"

"진짜 기억이 안 난다니까."

이용운이 기억이 나지 않는다고 재차 대답한 후에야 박건이 당시 이용운이 보였던 리액션을 알려주었다.

"그래. 이거지."

"……?"

"이렇게 말씀했습니다."

"내가… 그랬어?"

"정확히 표현하자면 좀 더 격렬했죠."

"응?"

"제가 방금 꺼냈던 목소리보다 훨씬 더 상기된 목소리로 소리쳤습니다. 제가 깜짝 놀랐을 정도였죠."

박건이 서운한 기색을 감추지 않고 드러냈다.

그렇지만 이용운은 전혀 미안한 기색 없이 당당하게 말했다.

"소심하긴."

"제가… 소심하다고요?"

"메이저리거답게 좀 대범해져라."

이용운에게 반박하려던 박건이 도중에 입을 다물었다.

'메이저리거?'

방금 이용운이 입에 올린 '메이저리거'란 표현 때문이었다.

'내가 메이저리거라 불릴 자격이 있나?'

뉴욕 메츠 소속 선수일 당시, 박건의 성적은 형편없었다.

이용운의 표현대로라면 말 그대로 죽을 쑤고 있던 수준이었다.

그래서 야구를 그만둬야 하는 게 아닐까 하는 생각까지 했었고.

운 좋게 다시 기회를 잡아 마이애미 말린스 소속 선수로 메이저리그 도전을 이어나가고 있었지만, 박건은 스스로 메이저리거란 자각을 하지 못했다.

'마지막 기회를 살려야 한다.'

머릿속이 '생존'이란 두 단어만으로 가득 차 있다시피 했기 때문이었다.

그때 이용운이 다시 입을 뗐다.

"왜? 메이저리거란 표현이 낯설어?"

"그게 좀……."

"후배는 메이저리거라 불릴 자격이 충분히 있다."

"하지만……."

"세계 최고의 무대에서 활약하고 있는 후배를 보며 꿈을 키우고 있는 한국의 어린 선수들이 아주 많다. 그러니 이제 메이저리거답게 행동해."

'정말… 날 보면서 꿈을 키우고 있는 어린 선수들이 있을까?'

박건이 순순히 믿지 못하고 의심하고 있을 때였다.

"하긴 후배는 잘 모를 수도 있겠군."

"제가 뭘 모른다는 겁니까?"

"후배에 대한 관심 말이다."

"……?"

"마이애미 말린스는 메이저리그에서 가장 인기 없는 구단 중 하나다. 그런데 지금은 상황이 조금, 아니, 많이 바뀌었다. 메이저리그에서 가장 많은 이슈를 몰고 다니고 있는 팀으로 변신했으니까."

"왜… 그렇게 변한 겁니까?"

"이런 변화의 계기는 트레이드였지. 마이애미 말린스와 뉴욕 메츠가 단행한 2 대 4 트레이드가 야구팬들의 관심을 끌었거든. 이번 트레이드의 승자는 대체 누가 될까? 이런 관심을 가지고 야구팬들이 지켜보고 있었는데 마이애미 말린스가 트레이드 후에 연승 가도를 달리기 시작했지."

"그렇지만……."

"고작 6연승일 뿐이지 않느냐? 그렇게 대단한 일도 아니지 않느냐? 지금 이렇게 생각하는 거지?"

속내를 읽힌 박건이 무심코 고개를 끄덕였을 때, 이용운이 덧붙였다.

"충분히 대단한 일이다."

"왜……?"

"메이저리그 30개 구단 중에서 최약체로 손꼽혔던 마이애미 말린스가 무려 6연승을 거뒀으니까. 그리고 마이애미 말린스가 6연승을 거둘 동안 후배가 멱살 잡고 하드 캐리 하다시피 했다. 그러니 메이저리그 야구팬은 물론이고 국내 팬들도 후배에게 관심을 가질 수밖에 없는 거지."

'이게… 그렇게 대단한 일이었구나.'

메이저리그에서 생존하기 위해서는 이번에 주어진 마지막 기회를 놓쳐서는 안 된다는 생각만으로 필사적으로 경기에 임했다.

그래서 마이애미 말린스가 6연승을 거둔 것이, 또 그 과정에서 자신이 활약을 한 것이 이렇게 주목받을 일이라는 사실을 몰랐다.

그런데 이용운의 설명을 듣고서야 박건은 비로소 자신이 한 일이 무척 대단한 일임을 뒤늦게 깨달을 수 있었다.

'내가 진짜 메이저리거가 됐구나.'

이제 진짜 메이저리거가 됐단 사실을 뒤늦게 자각했을 때, 이용운이 다시 말했다.

"이제 두 걸음 남았다."

"두 걸음이 남았다니요?"

"2승만 더 거두면 빅 이벤트가 기다리고 있으니까."

'빅 이벤트? 대체 뭐지?'

박건이 호기심을 품었을 때, 이용운이 핀잔을 건넸다.

"설마… 모르고 있었냐?"

"뭘 말입니까?"

"뉴욕 메츠와의 3연전 말이다."

*　　　　*　　　　*

"워싱턴 내셔널스와의 3연전 이후에 뉴욕 메츠와의 3연전이 기다리고 있잖아."

"…몰랐습니다."

'뒤는 생각하지 말자. 당장 치르는 한 경기에 오롯이 집중하자.'

마이애미 말린스로 이적한 후에도 박건의 마음가짐은 같았다. 그래서 곧 뉴욕 메츠와의 3연전이 기다리고 있다는 사실도 알지 못했던 것이었다.

"만약 마이애미 말린스가 8연승을 거둔 상황에서 뉴욕 메츠를 만난다고 상상해 봐라. 가뜩이나 마이애미 말린스와 후배에게 관심이 집중된 상황에서 전 소속 팀이었던 뉴욕 메츠와 운명의 재회를 한다? 벌써 야구팬들의 관심을 잡아끌기에 충분할 정도로 흥미로운 전개이지 않아? 그래서 내가 아까 빅 이벤트라고 표현했던 것이다."

'빅 이벤트가… 맞네.'

이용운의 말대로 마이애미 말린스가 8연승을 달리는 상황에서 뉴욕 메츠와 3연전을 치르게 된다면?

그리고 그 3연전에서 박건이 뉴욕 메츠의 심장에 비수를 꽂을 수 있다면?

수많은 야구팬들이 지켜보는 가운데 자신의 이름 석 자를 강렬하게 각인시킬 수 있는 최고의 기회인 셈이었다.

'해보자.'

그 최고의 기회를 얻기 위해서는 2승을 더 거두는 것이 필요했다.

그래서 박건이 재차 각오를 다졌을 때였다.

"굳이 변명을 하자면 기대치의 차이 때문이었을 것이다."

이용운이 변명을 꺼냈다.

"기대치의 차이요?"

"그래. 후배가 2타점을 올리는 3루타를 때렸을 때는 당연히 해야 할 일을 해냈다는 생각이 들었다. 그렇지만 커티스 그랜더슨이 희생플라이를 때려냈을 때는 나도 모르게 흥분했을 정도로 기뻤다. 기대치가 낮았기 때문이지. 그리고 하나 더, 커티스 그랜더슨이 희생플라이를 때려서 득점을 추가한 것은 의미가 컸다."

이건 반박할 수 없었다.

2-1의 스코어와 3-1의 스코어.

큰 차이가 있었으니까.

그러나 이용운이 의미가 컸다고 표현한 이유는 다른 데 있었다.

"덕분에 적아를 구분하기 쉬워졌다."

"그건 또 무슨 말씀이십니까?"

"아직 먼 훗날의 이야기니까 후배가 벌써부터 신경 쓸 필요 없다. 지금 중요한 것은 두 점의 리드를 지키면서 마이애미 말린스가 연승 행진을 계속 이어나가는 것이다."

이번에도 이용운의 말이 옳았다.

지금은 마이애미 말린스의 연승 행진이 최대한 길게 이어질 수 있도록 경기에 집중해야 할 때였다.

"뭐 하고 있어?"

그때 이용운이 물었다.

"아시다시피 선배님과 대화를……."

"수비하러 나가야지."

"네?"

"이안 카스트로가 헛스윙 삼진을 당해서 공수 교대가 이뤄지고 있잖아."

"아!"

이안 카스트로가 삼진을 당하며 마이애미 말린스의 1회 말 공격이 끝났다는 사실을 뒤늦게 알아챈 박건이 허둥대며 글러브를 챙길 때, 이용운이 혀를 찼다.

"쯧쯧. 쓸데없는 얘길 하느라 정작 중요한 걸 못 했구나."

*　　　*　　　*

마이애미 말린스가 1회 말 공격에서 멕스 슈어저를 상대로 석 점을 뽑아낸 덕분에 네이션 불러는 두 점의 리드를 안은 채 2회 초 마운드에 올랐다.

그렇지만 네이션 불러는 안정을 찾지 못했다.

슈아악.

따악.

2회 초의 선두타자인 안톤 워커에게 또 한 번 홈런을 허용했다.

이번에도 피터 알론소가 펜스를 짚고 뛰어오르면서 필사적으로 막아보려 했지만, 역부족이었다.

안톤 워커의 타구는 피터 알론소가 높이 들어 올리고 있던 글러브를 살짝 넘기고 떨어졌다.

3—2.

리드가 한 점으로 줄어들었을 때, 이용운이 탓했다.

"이게 다 후배 때문이다."

그 이야기를 들은 박건이 억울한 표정을 지었다.

"네이션 불러가 안톤 워커에게 홈런을 허용한 게 왜 제 탓이란 겁니까?"

"후배와 대화를 하느라 네이션 불러에게 꼭 했어야 할 말을 못 했거든."

"무슨 이야기요?"

"아주 중요한 이야기였다."

"그 아주 중요한 이야기가 대체 뭡니까?"

"어차피 늦었다. 다시 기회를 엿보는 수밖에."

이용운은 다시 기회를 엿보자고 말했다. 그리고 이용운이 엿보고 있던 기회는 예상보다 더 빨리 찾아왔다.

슈아악.

따악.

네이션 불러는 워싱턴 내셔널스의 6번 타자인 히케르도 파라에게도 중전안타를 허용했다.

그 순간, 더 지켜보기만 할 수 없다고 판단한 조 매팅리 감독이 더그아웃을 박차고 나왔다.

"서둘러라."

그 모습을 확인한 이용운이 재촉했다.

그 재촉을 들은 박건이 한숨을 내쉬었다.

감독이 마운드를 방문한 경우, 일반적으로는 포수를 비롯한 내야수들만 마운드 위에 함께 모였다.

그런데 박건의 수비위치는 좌익수였다.

그러니 마운드를 찾아가는 것이 일반적인 케이스는 아니었기 때문이었다.

'꼭… 청첩장을 받지 못한 결혼식장에 찾아가는 느낌이잖아.'

솔직히 말하면 내키지 않았다.

그래서 박건이 머뭇거리며 질문했다.

"꼭 가야 합니까?"

"무척 중요한 이야기라니까."

"알겠습니다."

박건이 더 버티지 못하고 마운드 쪽으로 뛰어갔다. 그리고 마운드 근처에 도착했을 때, 조 매팅리 감독이 네이션 불러에게 건네는 말이 들렸다.

"Trust……."

그 말을 끝으로 조 매팅리 감독이 몸을 돌리려다가 박건과 시선이 마주쳤다.

"넌 왜 왔어?"

"그게 그러니까……."

박건의 말문이 일순 막혔을 때였다.

"됐다."

이용운이 불쑥 말했다.

"되다니요?"

"이만 돌아가자."

다시 돌아가란 이용운의 지시를 들은 박건이 와락 인상을 구겼다.

'똥개 훈련시키는 것도 아니고.'

박건이 속으로 욕하고 있을 때, 이용운이 덧붙였다.

"내가 하려던 말을 이미 대신 했다."

＊　　　　＊　　　　＊

박건이 잔뜩 신경을 곤두세운 채 네이션 뷸러를 바라보았다.

무사 1루 상황에서 타석에 들어선 것은 7번 타자 로건 레너드.

네이션 뷸러는 로건 레너드를 상대로 먼저 두 개의 스트라이크를 잡아내면서 유리한 볼카운트를 선점했다.

그러나 3구와 4구는 스트라이크존을 크게 벗어나면서 2볼 2스트라이크로 볼카운트가 바뀌었다.

'승부.'

풀카운트가 된다면 불리한 것은 투수였다.

그래서 5구째가 중요하다고 판단한 순간, 네이션 뷸러가 투구 동작에 돌입했다.

'투구 간격이 짧아졌다?'

박건이 네이션 불러의 투구 간격이 짧아졌다고 판단했을 때, 로건 레너드가 힘껏 배트를 휘둘렀다.

슈악.

부우웅.

로건 레너드의 배트가 허공을 가르며 네이션 불러는 2회의 첫 아웃카운트를 잡아내는 데 성공했다.

1사 1루 상황에서 타석에는 8번 타자 이안 곱스가 등장했다.

슈악.

네이션 불러가 초구로 선택한 공은 슬라이더.

"스트라이크."

이안 곱스는 타석에 서서 그냥 지켜보기만 한 후 고개를 갸웃했다.

'왜 고개를 갸웃하는 거지?'

그런 이안 곱스의 반응을 살피던 박건이 의아함을 품었을 때, 네이션 불러가 빠르게 투구 동작으로 돌입했다.

슈악.

네이션 불러가 던진 2구 역시 슬라이더.

딱.

이안 곱스는 이번에는 기다리지 않고 배트를 휘둘렀다.

'빠졌다?'

배트 중심에 정확히 맞은 타구는 아니었다.

그러나 땅볼타구의 코스가 좋았다.

3루수인 닐 워커가 처리하기에는 역부족이었다. 그래서 박건이 이안 곱스의 타구가 좌전 안타가 될 거라 예상했을 때였다.

샤아악.

폴 바셋이 불쑥 나타나 타구를 포구하자마자 재빨리 2루로 송구했다.

"아웃."

그리고 2루수인 브라이언 마일스도 지체 없이 1루로 송구했다.

'늦지 않았을까?'

박건이 우려했지만, 1루에서의 승부는 예상외로 박빙이었다.

"아웃."

유심히 지켜보고 있던 1루심이 아웃을 선언한 순간, 박건이 깜짝 놀랐다.

그때, 이용운이 흡족한 목소리로 말했다.

"이게 베테랑의 품격이다."

*　　　　*　　　　*

"폴 바셋은 1루 주자인 히케르도 파라가 스타트를 끊을 때 발이 살짝 미끄러졌다는 것을 놓치지 않았다. 그래서 포기하지 않고 타구를 잡자마자 2루로 송구를 해서 히케르도 파라를 잡아냈던 거지. 그뿐이 아니다. 폴 바셋은 타자주자인 포수 이안 곱스의 발이 느린 편이라는 것도 알고 있었다. 일찌감치 병살 플레이를 염두에 두고 수비를 했던 거지."

'그랬구나.'

박건이 재차 감탄했을 때였다.

"폴 바셋은 약속을 지켰다. 그래서 아까 베테랑의 품격이라고 말했던 것이고."

"무슨 약속이요?"

"네이션 불러와 했던 약속."

"……?"

"날 믿으라고 말했고, 그 약속을 지켰지."

"어……."

"왜 그래?"

"그건 조 매팅리 감독님이 했던 말이 아닌가요?"

박건이 아까 기억을 떠올리며 질문했다.

이용운의 재촉을 받고 마운드 근처로 뛰어갔을 때, 박건은 조 매팅리 감독이 네이션 불러에게 말하던 내용을 얼핏 들었다

"트러스트… 미?"

"조 매팅리 감독은 다른 이야기를 했다."

"네?"

"트러스트 유라고 말했지."

'너를 믿으라?'

마운드를 방문했던 조 매팅리 감독이 네이션 뷸러에게 건넸던 말을 뒤늦게 알게 된 박건이 작게 고개를 끄덕였다.

아직 경기 초반.

선발투수인 네이션 뷸러를 교체하기에는 너무 일렀다.

그런 상황에서 마운드를 방문한 조 매팅리 감독이 해줄 수 있는 적당한 조언이란 생각이 들었기 때문이었다.

하지만 이용운의 의견은 달랐다.

"그 말을 했던 게 조 매팅리 감독의 경험이 일천하단 증거다."

"네?"

"마운드를 방문하지 않는 것만 못한 결과를 낼 뻔했거든."

*   *   *

1회 초 수비, 네이션 뷸러는 워싱턴 내셔널스 3번 타자인 후안 소토에게 솔로홈런을 허용했었다. 그리고 비록 피터 알론소의 호수비에 잡히긴 했지만, 4번 타자 앤서니 론돈의 타구 역시 장타였다.

피터 알론소가 호수비로 도움을 줬음에도 불구하고, 네이션 뷸러는 2회 초에도 안정을 찾지 못했다.

5번 타자 안톤 워커에게 솔로홈런, 6번 타자 히케르도 파라에게 안타를 허용하며 다시 위기에 처했다.

그 과정에서 이용운이 주목했던 것은 네이션 뷸러의 볼배합이었다.

홈런 내지 정타를 허용했을 때 네이션 불러가 구사했던 구종은 모두 직구였다.

물론 네이션 불러는 직구에 강점을 갖고 있었다.

그래서 직구 위주의 피칭을 가져갔던 것이었고.

그리고 이용운은 네이션 불러가 직구 위주의 피칭을 하는 이유를 짐작할 수 있었다.

마이애미 말린스의 수비진을 믿지 못하기 때문이었다.

'한번 머릿속에 박힌 생각은 쉽게 사라지지 않는 법이지.'

트레이드 후, 마이애미 말린스의 수비는 분명 이전에 비해서 견고해졌다.

그러나 트레이드 후에 고작 여섯 경기를 치렀을 뿐이었다.

해서 네이션 불러는 아직까지 마이애미 말린스의 수비가 견고해졌다는 것을 체감하지 못하고 있었고, 여전히 마이애미 말린스 수비진을 믿지 못하는 것이었다.

그리고 워싱턴 내셔널스 타자들은 마치 이런 네이션 불러의 심리를 꿰뚫어 보기라도 한 듯 직구를 집중적으로 노렸다.

이런 상황에서 조 매팅리 감독은 마운드를 방문했다. 그리고 이용운은 조 매팅리 감독이 당연히 네이션 불러의 볼배합에 대한 이야기를 하고 내려갈 거라고 예상했다.

하지만 그 예상은 빗나갔다.

"Trust you."

마운드를 방문했던 조 매팅리 감독은 하나 마나 한 이야기를 하고 더그아웃으로 돌아갔다.

아니, 안 하니만 못한 이야기였다.

직구 위주의 피칭을 하다가 계속 홈런과 안타를 허용하고 있는 네이션 불러에게 자신을 믿고 계속 직구 위주의 피칭을 하라는 뜻이었으니까.

이게 조 매팅리 감독의 경험이 일천하다는 증거.

그나마 다행인 것은 상황을 제대로 읽고 있는 베테랑 선수가 있다는 점이었다.

"Trust me."

폴 바셋이 흔들리고 있던 네이션 불러에게 다가가서 건넸던 말이었다.

수비를 믿고 유인구 위주의 피칭으로 변화를 주라는 의미가 담긴 이야기.

다행히 네이션 불러는 조 매팅리 감독이 건넨 말이 아니라, 폴 바셋이 건넨 말에 귀를 기울였다.

7번 타자 로건 레너드를 상대로 포크볼을 던져서 헛스윙 삼진을 이끌어냈던 것.

8번 타자 이안 곱스를 상대로 슬라이더를 던져서 병살타를 유도해 낸 것.

네이션 불러가 폴 바셋이 건넸던 'Trust me'라는 이야기를 귀담아들었다는 증거였다. 그리고 폴 바셋은 네이션 불러와 했던 약속을 지켰다.

이안 곱스의 안타성 타구를 병살타로 바꾼 호수비를 펼쳤으니까.

덕분에 네이션 불러도 안정을 되찾을 가능성이 높았다.

'투수전.'

이제부터는 팽팽한 투수전으로 접어들 거라 판단한 이용운이 말했다.

"이제 한 점 승부다."

*　　　　*　　　　*

3—2.

마이애미 말린스가 앞선 채 경기는 6회로 접어들었다.

6회 초 워싱턴 내셔널스의 공격.

3회부터 5회까지 3이닝을 연속 삼자범퇴로 막아냈던 네이션 불러는 6회 초에 다시 위기에 처했다.

1사 후에 볼넷과 안타를 허용하면서 실점 위기에 처했다. 그리고 1사 1, 2루에서 타석에 들어선 것은 8번 타자 이안 곱스였다.

네이션 불러는 이안 곱스와의 승부를 신중하게 가져갔다.

풀카운트까지 이어진 승부.

슈악.

네이션 불러가 선택한 결정구는 포크볼이었다.

따악.

그리고 이안 곱스는 마치 포크볼이 들어오길 기다렸던 것처럼 제대로 공략했다.

유격수인 폴 바셋이 몸을 던지며 슬라이딩캐치를 시도했지만, 이안 곱스의 타구가 좌전 안타가 되는 것을 막기에는 역부족이었다.

"3루에서 멈췄다."

박건이 타구를 잡아냈을 때, 이용운이 말했다.

배트 중심에 잘 맞은 이안 곱스의 타구가 빨랐던 데다가 박건의 어깨가 강하다는 사실을 알기 때문에 2루 주자였던 히케르도 파라는 홈승부를 포기한 것이었다.

볼넷에 이은 연속안타로 인해 1사 만루로 상황이 바뀐 순간, 박건의 표정이 굳어졌다.

이제 한 점 승부라고 했던 이용운의 이야기가 떠올랐기 때문이었다.

불행 중 다행인 점은 9번 타순이란 점이었다.

'대타자를 기용할까?'

박건이 흥미로운 시선을 던졌다.

워싱턴 내셔널스는 6회 초 공격에서 끌려가고 있는 경기를 역전시킬 수 있는 1사 만루의 득점 찬스를 잡아냈다.

그렇지만 하필 투수 타석이었다.

그래서 멕스 슈어저 대신 대타자를 기용할 가능성이 높다고 예상했는데.

그런 박건의 예상은 빗나갔다.

워싱턴 내셔널스의 데이브 마르티네즈 감독은 대타자를 기용하는 대신 선발투수 멕스 슈어저를 그대로 타석에 내보냈다.

박건이 그 선택을 확인하고 놀랐을 때, 이용운이 말했다.

"멕스 슈어저의 구위가 떨어지지 않았다. 벌써 교체하기에는 너무 이르다고 판단했겠지. 어쩌면 데이브 마르티네즈 감독은 경기를 길게 바라보고 있을 수도 있겠구나."

마이애미 말린스의 가장 큰 약점이 잭 스튜어트와 브라이언 모란이 이탈한 후 허약해진 불펜진이다.

데이브 마르티네즈 감독은 이렇게 판단하고 후반이 승부처라고 판단했을 가능성이 높다고 이용운은 지적했다.

'멕스 슈어저를 상대로 아웃카운트를 뺏어낸다고 해도, 여전히 2사 만루. 실점 위기는 이어져.'

실점을 허용할 위기는 계속 이어지는 상황.

"어떤 대책이 없을까요?"

그래서 박건이 내심 기대를 품은 채 질문했다.

"지금은 없다."

그렇지만 이용운에게서 돌아온 대답은 박건의 기대를 배신했다.

"기도하는 수밖에는."

"기도… 요?"

"행운이 따르길 기도해라."

이용운이 입 밖으로 꺼낸 해법이 마음에 들지 않았다. 그래서 박건이 못마땅한 기색을 드러냈을 때였다.

네이션 불러가 멕스 슈어저를 상대로 초구를 던졌다.

슈악.

멕스 슈어저가 투수이기 때문에 긴장이 풀린 걸까.

네이션 불러가 초구로 던진 슬라이더는 가운데로 몰렸다.

따악.

그리고 멕스 슈어저는 실투를 놓치지 않고 초구부터 과감하게 공략했다.

정확한 타이밍에 배트 중심에 제대로 걸린 타구를 확인한 박건이 바로 스타트를 끊었다.

'역전.'

3루 측 라인 선상을 타고 흐르고 있는 타구의 코스가 워낙 좋았다. 그래서 박건은 역전을 허용했다고 판단했다.

지금 자신이 할 일은 1루 주자가 홈으로 들어오는 것을 막아내는 것이었다.

그때였다.

툭.

3루 선상을 타고 빠르게 굴러가던 멕스 슈어저의 땅볼타구가 3루 베이스를 맞고 굴절됐다. 그리고 방향이 바뀐 타구는 3루 측 라인 선상으로 달려가고 있던 3루수 닐 워커의 앞으로 향했다.

'잡았다.'

닐 워커가 그 타구를 잡아냈다.

아니, 잡아냈다는 표현은 어울리지 않았다.

닐 워커의 글러브 속으로 3루 베이스를 맞고 굴절된 타구가 저절로 찾아갔다고 표현하는 게 더 정확했다.

일종의 행운.

그리고 닐 워커는 저절로 찾아온 행운을 그냥 흘려보내지 않았다.

탁.

우선 3루 베이스를 발로 밟은 후 1루로 재빨리 송구했다.

'결과는?'

"아웃."

멕스 슈어저가 전력 질주를 펼쳤음에도 1루심은 아웃을 선언했다.

퍽.

안타성 타구가 불운이 겹치며 병살타로 바뀐 순간, 멕스 슈어저가 가쁜 숨을 몰아쉬면서 헬멧을 바닥에 내던지며 불만을 터뜨렸다.

박건이 그 모습을 지켜보고 있을 때, 이용운이 상기된 목소리로 말했다.

"마이애미 말린스의 운이 아직 다하지 않았구나."

제6장

　6회 초 수비를 마치고 더그아웃으로 돌아온 네이션 뷸러의 투구수는 76개.

　투구수 조절이 잘된 편이었다.

　그래서 아직 구위도 떨어지지 않은 상태였다.

　"아무래도 볼배합이 읽힌 것 같습니다."

　박건이 조심스럽게 꺼낸 분석을 들은 이용운이 고개를 끄덕였다.

　2회까지 직구 위주의 피칭을 하던 네이션 뷸러는 3회부터 볼배합을 바꿨다.

　직구가 아닌 유인구 위주의 피칭을 했다.

그런 볼배합의 변화가 3회부터 5회까지 워싱턴 내셔널스의 타선을 꽁꽁 묶을 수 있었던 원동력이었다.

그러나 바뀐 볼배합은 이내 노출됐다.

데이브 마르티네즈 감독의 지시가 있었던 걸까.

6회 초 공격에서 워싱턴 내셔널스 타자들은 네이션 뷸러를 상대로 성급하게 달려들지 않았다. 그리고 직구를 배제하고 유인구를 노리고 타석에서 공략했다.

이것이 네이션 뷸러가 6회 초 수비에서 볼넷과 연속안타를 허용하면서 1사 만루의 실점 위기를 맞이했던 원인이었다.

"이제 볼배합을 바꿔야 하지 않을까요?"

박건이 다시 꺼낸 이야기를 들은 이용운이 입을 뗐다.

"그게 쉽지 않다."

"왜… 쉽지 않다는 겁니까?"

"네이션 뷸러가 직구를 못 던지거든."

"……?"

"경기 초반에 네이션 뷸러는 직구 위주의 피칭을 하다가 솔로 홈런 두 개를 허용했다. 현재 스코어는 한 점 차. 만약 볼배합을 바꿔서 직구 위주의 피칭을 하다가 다시 홈런을 얻어맞으면 동점 내지 역전을 허용하게 된다. 그것을 잘 알기 때문에 네이션 뷸러는 쉽게 볼배합을 바꾸지 못한다."

"하지만… 이대로라면 너무 위험하지 않을까요?"

"후배 말대로 위험하지. 운은 계속 따르는 법이 아니니까."

6회 초 수비에서 마이애미 말린스가 실점을 하지 않았던 것은 3루 베이스를 맞고 굴절된 타구가 3루수 닐 워커의 글러브로 빨려 들어가는 운이 따랐기 때문이었다.

그렇지만 운은 계속 따르지 않는 법이었다.

운이 다하기 전에 어떤 대책을 마련해야 했다.

"어렵네요."

타석을 향해 걸어가던 박건이 한숨을 내쉬며 더그아웃 쪽을 바라보는 모습이 이용운의 눈에 들어왔다.

조 매팅리 감독이 어려운 상황에서 어떤 해법을 찾아주길 기대했기 때문이리라.

그러나 조 매팅리 감독에게는 기대하기 힘들었다.

그래서 이용운이 말했다.

"한 가지 방법이 있다."

"뭡니까?"

"후배."

"네?"

이용운이 덧붙였다.

"후배가 점수 차를 벌려주면 이 문제는 해결된다."

*   *   *

"아까도 얘기했듯이 네이션 불러가 직구 승부를 두려워하는 이유는 장타를 허용해서 동점 내지 역전을 허용하는 것이 두려워서이다. 그런데 후배가 멕스 슈어저를 상대로 홈런을 빼앗아서 두 점으로 점수 차를 벌리면 네이션 불러의 두려움이 좀 가실 것이다. 솔로홈런을 허용해도 동점을 허용하지 않기 때문에 주자가 없는 상황에서는 워싱턴 내셔널스 타자들을 상대로 직구 승부를 할 수 있겠지. 그리고 네이션 불러가 다시 볼배합을 바꾸면 워싱턴 내셔널스 타자들은 혼란을 겪으며 공략에 어려움을 겪게 되겠지."

이용운의 이야기를 들은 박건이 고개를 끄덕였다.

현 상황을 타개할 수 있는 유일한 해결책처럼 느껴졌기 때문이었다.

그렇지만 박건의 표정은 밝아지지 않았다.

방금 이용운이 제시한 해법.

말은 쉬웠지만 실행으로 옮기기에는 어려웠기 때문이었다.

리그 최정상급 투수인 멕스 슈어저를 상대로 홈런을 빼앗아 내는 것.

결코 쉬운 일이 아니었다.

그래서 박건이 답답한 표정으로 한숨을 내쉬었을 때였다.

"실투를 노려라."

이용운이 조언했다.

'실투를 노리라고?'

메이저리그 최정상급 투수가 되기 위한 필수 조건.

경기 중에 실투를 최소한으로 줄이는 것이었다.

실제로 멕스 슈어저 같은 리그 최정상급 투수들은 선발 등판했을 때, 실투를 한두 개밖에 던지지 않았다.

그런데 박건의 타석 때 멕스 슈어저가 마침 실투할 가능성은 무척 낮았다.

그때, 이용운이 다시 물었다.

"벌써 까먹었냐?"

"뭘 까먹었냐는 말입니까?"

"멕스 슈어저 공략법."

"……?"

"진짜 기억을 못 하는가 보구나."

박건이 재빨리 기억을 더듬었다.

그렇지만 방금 이용운이 말한 '멕스 슈어저 공략법'은 떠오르지 않았다.

그래서 고개를 갸웃하고 있자, 이용운이 서운함이 담긴 목소리로 말했다.

"내가 죽어라 분석해서 알려준 멕스 슈어저 공략법을 벌써 잊었단 말이지? 마운드에 서 있는 멕스 슈어저가 지금 숨을 헐떡이고 있는 것, 안 보여? 이래도 기억이 안 나?"

*   *   *

뉴욕 메츠 소속 선수일 당시, 박건은 마지막 쇼케이스 기회
를 잡았다.

그 쇼케이스에서 가장 큰 위기는 워싱턴 내셔널스와의 3연전
이었다.

좀 더 정확히 표현하면 워싱턴 내셔널스의 원투펀치인 스티
븐 스트라스버그와 맥스 슈어저를 만나는 것이었다.

그렇지만 박건은 위기를 기회로 바꾸었다.

메이저리그 최정상급 선발투수들인 스티븐 스트라스버그와
맥스 슈어저 공략에 성공하면서 쇼케이스에서 강렬한 인상을
남겼기 때문이었다.

그리고 박건이 두 투수 공략에 성공한 원인은 이용운의 분석
이었다.

"스티븐 스트라스버그는 투구 동작에 돌입하기 전에 글러브 속
에 오른손을 감춘 채 그립을 잡는다. 다른 구종을 던질 때는 공을
한 바퀴만 돌려서 그립을 잡는다. 그런데 파워커브를 던질 때는
공을 두 바퀴 돌려서 그립을 잡는다. 그립을 잡기 위해서 두 바퀴
를 돌릴 경우, 스티븐 스트라스버그는 무조건 파워커브를 던질 것
이다."

이용운은 오랜 분석 끝에 스티븐 스트라스버그의 투구 습관
을 간파해 냈다. 그리고 스티븐 스트라스버그의 투구 습관을

간파한 덕분에 박건은 공략에 성공했다.

그리고 그게 끝이 아니었다.

"멕스 슈어저는 스티븐 스트라스버그와 달리 천적이 없었다. 즉, 특정 구종을 던질 때 부지불식간에 나오는 투구 습관이 없다는 뜻이지. 그렇지만 멕스 슈어저의 투구 영상을 분석하다 보니, 간혹 가운데로 몰리는 실투가 나오는 경우가 있었다. 실투가 나오는 경우의 공통점을 찾다 보니, 멕스 슈어저가 타석에 들어선 다음 이닝이라는 공통점을 발견할 수 있었다. 물론 모두 비슷한 케이스는 아니었다. 주로 멕스 슈어저가 타석에서 안타를 때리고 전력 질주를 한 후에 실투가 나왔다."

이용운은 집요한 분석 끝에 멕스 슈어저 공략법도 기어이 알아냈다.

그럼에도 불구하고 스티븐 스트라스버그와 달리 멕스 슈어저 공략법을 박건이 까맣게 잊었던 이유.

효율성의 차이 때문이었다.

스티븐 스트라스버그 공략법은 그가 등판할 때마다 사용할 수 있었다.

반면 멕스 슈어저 공략법은 그가 등판할 때마다 사용할 수 없었다.

그 이유는 특수한 경우에만 그가 실투를 던지기 때문이었다.

그런데… 마침 지금 그 특수한 경우가 찾아와 있었다.

'지난 6회 초 워싱턴 내셔널스 공격 때, 멕스 슈어저가 마지막 타자였어. 그리고 병살플레이가 되는 것을 막기 위해서 1루까지 전력 질주를 펼친 탓에 호흡이 가빠져 있어. 그럼에도 불구하고 불운으로 인해 병살플레이가 된 것으로 인해 잔뜩 흥분한 상태야.'

딱 실투가 나오기 좋은 상황이었다.

그제야 박건은 이용운이 조금 전 멕스 슈어저 공략법에 대해 언급한 이유를 깨달을 수 있었다.

'지금 실투가 나온다.'

박건은 이용운에게 더 질문하는 대신, 빠르게 타격자세를 취했다.

멕스 슈어저가 호흡을 고르고 흥분을 가라앉힐 시간을 주지 않기 위해서였다.

그런 박건의 의도는 적중했다.

슈악.

멕스 슈어저의 손을 떠난 공은 가운데로 몰렸다.

따악.

잔뜩 웅크린 채 실투를 기다리고 있던 박건이 힘껏 배트를 돌렸다.

'넘어갔다.'

배트에 맞는 순간, 박건은 이 타구가 홈런이 될 것을 직감했다. 그리고 박건의 예상대로였다.

높이 솟구친 타구는 외야 관중석 중단에 떨어졌다.

＊　　　　　＊　　　　　＊

9회 초 워싱턴 내셔널스의 정규이닝 마지막 공격.

마이애미 말린스의 마운드는 여전히 네이션 불러가 지키고 있었다.

땅볼과 외야플라이로 손쉽게 두 개의 아웃카운트를 잡아낸 네이션 불러는 완투승을 눈앞에 두고 있었다.

이대로 경기가 마무리되길 바랐지만, 박건의 기대와 다른 결과가 만들어졌다.

슈아악.

따악.

애덤 이튼은 풀카운트에서 네이션 불러가 던진 직구를 제대로 받아 쳤다.

중견수인 커티스 그랜더슨이 마지막까지 열심히 쫓아갔지만, 애덤 이튼의 타구는 외야 펜스를 살짝 넘기고 떨어졌다.

4—3.

애덤 이튼의 추격의 솔로포가 터지면서 경기의 분위기는 다시 요동치기 시작했다.

갑자기 바뀌어 버린 분위기로 인해 박건 역시 당황했을 때였다.

"왜 안 나와?"

이용운이 못마땅한 목소리를 꺼냈다.

"누구 말씀이세요?"

"누구긴 누구야? 조 매팅리 감독이지."

그 대답을 들은 박건이 더그아웃 쪽으로 시선을 던졌다.

이용운의 말처럼 조 매팅리 감독은 더그아웃을 박차고 나오지 않았다.

초조한 표정으로 감독석에 앉아 있기만 했다.

"혹시 착각한 것 아냐?"

그때, 이용운이 다시 입을 뗐다.

"무슨 착각이요?"

"감독이 아니라 관중이라고 착각하고 있는 것 아니냐고."

"왜……?"

"지금이 초조한 표정으로 자리에 앉아 있을 때야? 지가 감독이라면 움직여야지."

'여전하네.'

이용운이 격앙된 목소리로 독설을 날리는 것을 듣던 박건이 쓴웃음을 머금은 채 물었다.

"투수 교체를 해야 할 타이밍이란 뜻입니까?"

"그래."

"하지만……."

"네이션 뷸러가 완투승을 하기까지 아웃카운트 하나만 남겨 뒀다? 그리고 아직 구위가 괜찮다? 이런 이유로 투수 교체 타이밍이 아니라고 판단하는 거냐?"

"네. 그렇게 생각합니다."

박건이 솔직히 대답하자, 이용운이 못마땅한 표정으로 말했다.

"재판이 될 거다."

"재판… 이요?"

"네이션 뷸러가 6회 초 1사 만루라는 절체절명의 위기를 넘긴 후에 지금까지 무실점 호투를 이어나간 이유는 6회 말에 터진 후배의 솔로홈런 덕분에 마이애미 말린스의 리드가 두 점으로 늘어났기 때문이다. 결정적인 순간에 직구를 사용하는 식으로 볼배합을 바꾼 덕분에 워싱턴 내셔널스 타자들에게 혼란을 줄 수 있었지. 그런데 애덤 이튼의 솔로홈런이 나오면서 리드가 한 점 차로 줄어들었다. 게다가 직구를 던지다가 홈런을 허용했지. 이제 네이션 뷸러는 홈런을 얻어맞고 동점을 허용하는 것이 두려워서 더 이상 직구를 던지지 못할 것이다. 그리고 그 점을 알고 있는 워싱턴 내셔널스 타자들이 유인구만 노리고 공략하면 네이션 뷸러는 다시 위기에 처할 것이다. 이게 아까 내가 재판이 될 거라고 말했던 이유다."

이용운이 꺼낸 이야기는 일리가 있었다.

그래서 박건이 자신 없는 표정으로 어깨를 축 늘어뜨리고 있는 네이션 블러를 걱정스레 바라볼 때였다.

"재판이 벌어지는 것을 막기 위해서는 지금 당장 네이션 블러를 교체해야 한다. 그런데… 조 매팅리 감독은 보다시피 관중 모드로 경기를 관전하고 있지."

이용운이 조 매팅리 감독의 무능을 저격했다

"그럼… 어떻게 해야 할까요?"

"없다."

"네?"

"할 수 있는 게 없다고. 선수 기용은 감독의 권한이니까."

이번에도 이용운의 말이 옳았다.

박건과 이용운이 지금 여기서 이러쿵저러쿵 떠들어봐야 달라질 것은 아무것도 없었다.

네이션 블러를 교체할 권한을 가진 것은 조 매팅리 감독이 유일했다.

그러나 조 매팅리 감독은 전혀 네이션 블러를 교체할 생각이 없는 듯 꾸다 놓은 보릿자루처럼 감독석에 앉아만 있었으니까.

그래서 답답한 표정을 짓고 있던 박건이 입을 뗐다.

"선배님이 해설위원이 아니라 감독으로 팀을 이끌었어도 아주 잘하셨을 것 같습니다."

"물론 잘했을 것이다. 적어도 저기 앉아 있는 조 매팅리 감독보단 나았을 것이다."

"역시……."

"역시 뭐냐?"

"겸손함과는 거리가 먼 편이시네요."

박건이 핀잔을 건넸지만, 이용운은 여전히 당당하게 대꾸했다.

"진짜 잘할 자신이 있으니까. 해설위원으로 경험이 쌓이고 나서 잘할 수 있다는 확신이 생겼다."

"하지만……."

"해설위원들 가운데 프로야구 팀 감독으로 선임되어 마이크를 내려놓는 케이스가 적지 않았다. 그리고 해설위원 출신 감독들은 성공할 확률이 높았다. 그 이유는 해설위원으로 일하면서 야구를 바라보는 시각이 한층 더 넓어지고 깊어졌기 때문이지."

이용운의 말처럼 해설위원 출신 감독들은 프로 무대에서 성공하는 경우가 많았다.

그 사실을 알고 있는 박건이 무심코 고개를 끄덕이고 있을 때였다.

"운 좋은 줄 알아."

"네?"

"메이저리그 감독직을 수행했어도 성공했을 내가 오롯이 후배만을 위해서 코칭을 하고 있지 않느냐?"

"네, 네."

이용운에게서 겸손을 기대하는 것은 역시 무리라고 박건이 판단했을 때였다.

네이션 뷸러가 후속 타자인 브라이언 도우저를 상대하기 시작했다. 그리고 이용운의 우려대로였다.

슈악.

철저히 유인구 위주의 승부를 펼치던 네이션 뷸러는 3볼 1스트라이크에서 슬라이더를 구사했다.

스트라이크존을 통과할 듯하다가 홈플레이트 근처에서 급격히 바깥쪽으로 휘어져 나가는 각이 예리한 슬라이더.

그러나 브라이언 도우저는 배트를 휘두르지 않고 참아냈다.

"볼넷."

네이션 뷸러가 브라이언 도우저에게 볼넷을 허용한 순간, 박건이 서둘러 더그아웃을 바라보았다.

조 매팅리 감독이 지금이라도 상황의 심각성을 깨닫고 투수 교체를 위해서 마운드를 방문하길 바랐는데.

박건의 바람이 통한 걸까.

조 매팅리 감독이 마침내 감독석에서 일어섰다.

그러나 딱 거기까지였다.

점퍼 주머니에 양손을 꽂은 채 그라운드를 바라보며 서 있기만 했다.

끝내 더그아웃을 박차고 나오지 않는 조 매팅리 감독으로 인해서 박건의 답답한 마음이 더 커졌을 때였다.

슈악.

네이션 뷸러가 3번 타자 후안 소토를 상대로 초구를 던졌다. 그리고 후안 소토는 네이션 뷸러가 던진 초구 슬라이더를 공략했다.

따악.

배트 중심에 걸린 타구가 우중간으로 향했다.

타다닷.

2사 후였기에 일찌감치 스타트를 끊은 브라이언 도우저는 거침없이 2루를 통과해서 3루로 내달렸다.

'잡아야 해.'

피터 알론소의 어깨는 강한 편이었다. 그러나 발이 빠른 편인 데다가 스타트도 빨랐던 1루 주자 브라이언 도우저를 홈에서 아웃시키기는 타이밍상 역부족이었다. 그래서 박건은 피터 알론소가 슬라이딩캐치에 성공하길 바라고 있었는데, 그 바람은 통하지 않았다.

우중간을 반으로 가른 후안 소토의 타구는 펜스 앞까지 굴러갔다.

그 사이, 1루 주자 브라이언 도우저가 여유 있게 홈으로 파고들었고, 타자주자인 후안 소토도 3루에 안착했다.

4—4.

9회 초 2사 후 극적인 동점을 만들어낸 1타점 적시 3루타를 때려낸 후안 소토가 주먹을 쥔 팔을 들어 올리며 포효했다.

반면 완투승을 목전에서 놓친 네이션 불러는 망연자실한 표정이었다. 그리고 다 잡았던 것이나 마찬가지였던 경기가 동점이 되자, 마이애미 말린스 선수들의 표정은 어둡게 변했다.

박건 역시 낯빛이 어둡게 변했을 때, 마침내 조 매팅리 감독이 더그아웃을 박차고 마운드로 걸어 올라왔다.

'너무… 늦었습니다.'

그런 조 매팅리 감독을 향해 박건이 속으로 말했을 때, 이용운도 한심하단 목소리로 입을 뗐다.

"사후약방문이다."

*   *   *

사후약방문.

죽은 후에 약 처방을 한다는 뜻으로 때가 지난 후에 어리석게 애를 쓰는 경우를 비유적으로 이르는 말이었다.

'딱 어울리는 표현이네.'

이용운이 사후약방문이란 평가를 내린 순간, 박건이 떠올린 생각이었다.

조 매팅리 감독이 투수 교체를 위해서 마운드를 방문한 것은 너무 늦었다.

이미 동점을 허용하면서 경기 분위기가 워싱턴 내셔널스로 넘어가 버린 후였기 때문이었다.

그리고 네이션 불러를 내린 조 매팅리 감독이 마운드에 올린 투수는 클로저 브래들리 쿡이 아니라 타이론 게레로였다.

"9회 초에 바로 브래들리 쿡을 마운드에 올리는 것이 최선이었다. 차선은 네이션 불러가 애덤 이튼에게 2사 후에 솔로홈런을 허용했을 때 네이션 불러를 내리고 브래들리 쿡을 올리는 거였지. 그런데 네이션 불러에게 미련 아닌 미련을 계속 갖고 머뭇거리다가 브래들리 쿡을 마운드에 올릴 기회조차 잃어버렸다."

현재 스코어는 4─4.

경기가 동점이 됐기 때문에 브래들리 쿡을 마운드에 올리기에는 애매했다.

이용운의 말처럼 조 매팅리 감독은 네이션 불러에게 미련을 갖고 계속 머뭇거리다가 팀의 클로저인 브래들리 쿡을 마운드에 올릴 기회조차 잃어버린 셈이었다.

'최악.'

그래서 박건이 최악이란 단어를 떠올렸지만, 너무 섣불렀다.

진짜 최악의 상황은 아직 닥치지 않았기 때문이었다.

아직 몸이 덜 풀려서일까?

아니면, 역전만은 허용해선 안 된다는 중압감이 커서일까.

슈악.

타이론 게레로가 던진 초구 슬라이더는 원바운드를 일으키면서 홈플레이트를 통과했다.

또, 너무 크게 빠졌다.

포수인 브라이언 할리데이가 필사적으로 블로킹을 시도했지만, 타구를 막아내기에는 역부족이었다.

브라이언 할리데이의 가슴 보호대를 맞고 공이 옆으로 퉁겼다.

그사이 3루 주자 후안 소토가 홈으로 파고들었다.

브라이언 할리데이가 옆으로 퉁긴 타구를 잡아내서 송구했지만, 타이론 게레로의 태그보다 후안 소토의 손이 베이스에 닿는 것이 더 빨랐다.

"세이프."

4—5.

마이애미 말린스는 결국 역전을 허용했다.

*　　　　*　　　　*

워싱턴 내셔널스의 감독인 데이브 마르티네즈는 마이애미 말린스의 조 매팅리 감독과 달랐다.

9회 초에 극적으로 역전에 성공하자, 9회 말에 팀의 마무리 투수인 칼빈 에레라를 마운드에 올렸다.

역전패를 당하며 연승 행진이 마감될 위기에 처했기 때문일까.

마이애미 말린스 더그아웃 분위기는 침울했다. 그리고 박건 역시 더그아웃에서 침통한 표정으로 그라운드를 바라보았다.

어떤 반전이 일어나길 바랐는데.

박건의 바람처럼 반전은 일어나지 않았다.

8번 타자인 닐 워커와 대타자로 출전한 제임스 블랙먼이 연속 삼진으로 물러나면서 순식간에 2사 주자 없는 상황으로 바뀌었다.

'내게 기회가 올까?'

박건이 한숨을 내쉬었다.

오늘 경기에서 박건은 2번 타자가 아니라 4번 타자로 출전했다.

한 번 더 타석에 들어설 기회가 찾아올 가능성은 낮은 편이었다.

그래도 마지막 희망의 끈을 놓지 못하고 그라운드로 향해 있는 시선을 떼지 못하고 있을 때였다.

슈악.

"볼넷."

1번 타자 브라이언 마일스가 워싱턴 내셔널스 마무리투수인 칼빈 에레라를 상대로 볼넷을 얻어내 출루에 성공했다.

2사 1루 상황에서 타석에 들어선 것은 피터 알론소.

"살아 나가라. 살아 나가라."

박건이 마치 주문을 걸듯이 혼잣말을 중얼거리고 있을 때였다.

슈아악.

따악.

피터 알론소가 칼빈 에레라의 4구째 직구를 받아 쳤다.

경쾌한 타격음이 울려 퍼진 순간, 박건이 반사적으로 벌떡 일어났다.

우중간으로 향하는 타구.

워싱턴 내셔널스의 우익수와 중견수가 타구를 쫓는 모습을 지켜보던 박건이 부지불식간에 소리쳤다.

"넘겨라."

만약 우익수의 키를 넘길 수 있다면?

브라이언 마일스는 발이 무척 빨랐다.

또, 2사 후였던 터라 스타트도 빨랐던 만큼, 여유 있게 홈으로 들어오며 동점을 만들 수 있으리라.

그래서 타구의 궤적을 눈으로 쫓고 있던 박건의 두 눈이 점점 커졌다.

피터 알론소가 때린 타구의 비거리가 예상보다 더 멀리 뻗는다는 사실을 알아챘기 때문이었다.

'펜스 직격.'

워싱턴 내셔널스 우익수와 중견수가 타구를 쫓는 것을 도중에 포기하고 펜스플레이를 준비하기 시작했다.

그렇지만 그들의 준비는 무위로 돌아갔다.

피터 알론소의 타구가 펜스를 살짝 넘기고 떨어졌기 때문이었다.

"끝내기홈런이다."

피터 알론소가 때린 타구가 홈런이 됐다는 사실을 알게 된 박건이 재빨리 더그아웃을 빠져나갔다.

피터 알론소의 극적인 끝내기홈런이 나오면서 마이애미 말린스가 연승 숫자를 7로 늘리는 데 성공했기 때문이었다.

"우리가 이겼다."

홈플레이트에서 피터 알론소가 돌아오길 기다리던 박건이 환하게 웃으며 그를 힘껏 끌어안았다.

＊   ＊   ＊

스티븐 스트라스버그와 멕스 슈어저.

마이애미 말린스는 워싱턴 내셔널스가 자랑하는 원투펀치를 모두 무너뜨렸다.

게다가 3연전 2차전에서는 역전에 역전을 거듭하는 명승부 끝에 워싱턴 내셔널스의 마무리투수인 칼빈 에레라까지 침몰시키며 7연승을 내달렸다.

기세가 오를 대로 오른 상황.

워싱턴 내셔널스의 3차전 선발투수인 패트릭 커빈은 마이애미 말린스의 상승세를 막아내기에는 역부족이었다.

4—1로 앞서고 있는 마이애미 말린스의 5회 말 공격.

박건은 오늘 경기 세 번째 타석에 들어섰다.

2사 만루 상황에서 타석에 들어선 박건은 패트릭 커빈의 초구 직구를 공략했다.

슈아악.

따악.

정확한 타이밍에 배트 중심에 걸린 타구는 우중간을 반으로 갈랐다.

3루 주자와 2루 주자는 물론이고, 1루 주자까지 3루 베이스를 통과해서 홈으로 파고들고 있었다.

"멈춰라."

홈승부가 이뤄지는 사이, 3루를 노릴 계획이었던 박건의 귓가로 이용운의 목소리가 들려왔다.

"왜 멈추라는 겁니까?"

"홈승부를 포기했으니까."

이용운의 말대로였다.

1루 주자였던 피터 알론소가 헤드퍼스트슬라이딩을 했지만, 홈승부는 이뤄지지 않았다.

홈승부를 해봐야 늦었다.

차라리 타자주자인 박건을 2루에 묶는 편이 낫다.

이렇게 판단한 워싱턴 내셔널스 수비진이 홈승부를 포기한 것이었다.

7—1.

박건의 주자 일소 2루타가 터지면서, 격차는 더욱 크게 벌어졌다. 그리고 스코어가 6점 차로 벌어진 순간, 데이브 마르티네즈 감독이 더그아웃을 박차고 나왔다.

고개를 푹 떨구고 있는 패트릭 커빈의 손에서 데이브 마르티네즈 감독이 공을 빼앗았다.

대신 코디 글로버를 마운드에 올렸다.

"포기했구나."

그때 이용운이 말했다.

방금 데이브 마르티네즈 감독이 마운드에 올린 코디 글로버의 보직은 추격조.

그러나 주로 패전처리 역할을 맡고 있었다.

그 사실을 알고 있기 때문에 이용운은 데이브 마르티네즈 감독이 오늘 경기를 포기했다고 판단한 것이었다.

잠시 후, 이용운이 다시 말했다.

"이제 빅 이벤트에 참가할 기회는 얻었다."

그 이야기를 들은 박건의 가슴이 뜨겁게 달아올랐다.

이용운이 언급한 빅 이벤트.

마이애미 말린스와 뉴욕 메츠의 3연전이었다.

2 대 4 트레이드 후 처음 만나는 양 팀의 맞대결.

야구팬들의 시선을 잡아끌기에 충분한 맞대결이었다.

그 빅 이벤트에서 박건이 인상적인 활약을 펼치면서 마이애미 말린스의 연승 행진을 이어나간다면 팬들에게 강렬한 인상을 남기는 것이 가능하다고 이용운은 주장했다.

그렇지만 박건이 뉴욕 메츠와의 3연전을 학수고대하는 진짜 이유는 따로 있었다.

'복수.'

미겔 카브레라 감독에게 복수를 하고 싶었기 때문이었다.

그 상상만으로 즐거워진 박건의 입가로 미소가 떠올랐을 때, 이용운이 덧붙였다.

"마이애미 말린스가 8연승을 거둔 데다가 빅 이벤트를 앞두고 있으니, 아주 많은 것이 달라질 것이다."

*　　　　　*　　　　　*

〈트레이드 후 파죽의 8연승 행진을 이어가는 마이애미 말린스 돌풍, 그 중심에는 박건이 있다〉

기사의 제목대로였다.

뉴욕 메츠와 단행한 2 대 4 트레이드 후, 마이애미 말린스는 파죽의 8연승 행진을 이어나가며 돌풍을 일으키고 있었다. 그리고 마이애미 말린스가 일으키고 있는 돌풍의 중심에는 박건이 위치해 있었다.

속된 말로 미친 활약을 펼치면서 마이애미 말린스 돌풍을 이끌고 있었다.

"이제야 제임스가 전에 했던 말의 의미를 알겠네요."

"어떤 이야기 말씀이십니까?"

"박건 선수가 청우 로열스 팀의 구심점 역할을 했다는 이야기 말이에요."

청우 로열스 소속 선수 시절, 박건의 활약은 무척 뛰어났다.

그렇지만 개인 성적이 뛰어난 선수들은 여럿 있었다.

그럼에도 불구하고 차이가 발생한 것은 팀 성적이었다.

박건은 개인 성적과 팀 성적이 함께 상승세를 그렸다.

반면 다른 선수들의 경우는 그렇지 못한 경우가 많았다.

그런 차이가 발생한 이유는 박건이 해결사 임무를 충실히 해내면서 팀의 구심점 역할을 맡았기 때문이었다.

박건이 떠난 후, 청우 로열스의 성적이 급락한 것이 그 증거였다.

기사 내용을 대충 살핀 후 송이현이 댓글을 살폈다.

─뉴욕 메츠와 달리 마이애미 말린스와는 궁합이 잘 맞는 듯.

─말 그대로 미친 활약. 불과 얼마 전까지 타율이 5푼도 안 됐는데 지금은 오 할 돌파할 기세.

─영상 좀 보자. 어느 방송사든 좋으니 중계 좀 해주면 안 되나?

─국위선양 오짐.

—마이애미 말린스 팬이 됐음.

　—청우 로열스 단장이 범한 최악의 실수는 박건을 보낸 것.

　—청우 로열스 단장이 연봉 적게 올려줘서 박건이 열받아서 포스팅 신청하고 메이저리그 도전 선언했음. 푼돈 아끼려다가 청우 로열스 폭망.

　그 댓글들을 살피던 송이현이 눈살을 찌푸렸다.

　"그런 것 아니거든."

　박건이 포스팅을 통해서 메이저리그에 도전한 이유.

　연봉 때문이 아니었다.

　세계 최고의 무대인 메이저리그에 도전하고 싶다는 박건의 의사가 워낙 확고했기 때문이었다.

　"아무것도 모르는 주제에 왜 아는 척하고 난리야?"

　근거 없는 주장을 펼치고 있는 한 네티즌의 댓글을 읽고 발끈했던 송이현이 이내 한숨을 내쉬었다.

　박건이 떠난 후, 청우 로열스가 폭망 한 것은 부인할 수 없었기 때문이었다.

　"아직도 후회하세요?"

　그때, 제임스 윤이 물었다.

　"박건 선수 재영입에 실패한 것을 후회하느냐고 질문하는 거죠?"

　"네."

"가끔씩이요."

"……?"

"청우 로열스가 졸전 끝에 패할 때면 후회하는 마음이 들어요. 그런데 그때를 제외하면 오히려 잘됐다는 생각이 들어요."

"왜 오히려 잘됐다고 생각하는 겁니까?"

"청우 로열스가, 또 내가 품기에는 박건 선수의 그릇이 너무 크다는 생각이 들거든요."

첫 번째 댓글의 내용이 맞았다.

박건과 뉴욕 메츠는 궁합이 맞지 않았다.

아니, 미겔 카브레라 감독의 존재로 인해 서로 상극에 가까웠다.

그래서 박건이 최악의 부진에 빠졌던 것이었고.

그러나 마이애미 말린스로 이적한 후 상황은 급반전됐다.

뉴욕 메츠 소속 선수일 때와 달리 박건은 속된 말로 미친 활약을 펼치면서 마이애미 말린스의 연승 행진을 하드 캐리 하고 있었으니까.

"그런데 왜 한숨을 내쉰 겁니까?"

"그건… 아이러니한 상황 때문이에요."

"아이러니라니요?"

"뉴욕 메츠로 이적한 후 박건 선수가 부진했을 때, 어떤 댓글들이 달렸었는지 제임스는 기억해요?"

"…잘 기억이 안 납니다."

"그럼 직접 봐요."

송이현이 스마트폰으로 예전 기사를 검색했다.

〈최악의 부진에 빠진 박건, KBO 리그로 돌아올까?〉

뉴욕 메츠 소속 선수 시절, 박건이 최악의 부진에 빠져 있던 당시에 작성된 기사였다.

―역시 거품이었음.
―청우 로열스 단장의 혜안에 감탄함.
―청우 로열스 단장이 괜히 보낸 게 아님.
―청우 로열스 성공의 중심은 야잘알 단장의 선수 보는 안목이었음.

제임스 윤이 기사 하단에 달린 댓글을 확인하고 있을 때, 송이현이 말했다.

"박건 선수와 저는 같이 갈 수 없는 운명인가 봐요."

"무슨 뜻입니까?"

"댓글을 보면 알겠지만, 박건 선수가 부진할 때는 날 칭찬하는 댓글로 도배가 됐잖아요. 그런데 박건 선수가 마이애미 말린스로 이적한 후에 맹활약을 펼치니까 날 비난하고 욕하는 댓글들이 달리고 있으니까요."

"듣고 보니 그렇긴 하네요."

비로소 말뜻을 이해한 제임스 윤이 웃으며 대답했다.

그 반응을 확인한 송이현이 쌍심지를 켰다.

"내가 욕받이가 되고 있는데 웃음이 나와요?"

"울 수는 없으니까요."

"뭐요?"

"그리고 박건 선수가 맹활약을 펼치는 것이 청우 로열스 입장에서 꼭 나쁜 것만은 아닙니다."

"왜죠?"

"청우 로열스에 대한 관심이 늘었으니까요."

"……?"

"박건 선수가 메이저리그에서 맹활약을 펼치면서 많은 관심을 받고 있습니다. 기존의 야구팬들뿐만 아니라 야구에 관심이 없던 대중들도 관심을 갖게 됐죠. 그런 대중들은 박건 선수의 전 소속 팀이었던 청우 로열스에 대해 알게 됐고, 박건 선수의 활약상을 확인하기 위해서 청우 로열스의 지난 시즌 경기 영상을 찾아보고 있습니다. 그 과정에서 자연스레 청우 로열스 팬들이 새로이 유입됐습니다. 그리고 이건 KBO 리그 전체로 봐서도 큰 이득입니다. 새로운 팬들의 유입이 이뤄지고 있으니까요."

제임스 윤의 지적은 송이현이 미처 생각하지 못했던 부분이었다. 그리고 제임스 윤의 이야기는 옳았다.

청우 로열스를 위해서도, KBO 리그를 위해서도 메이저리그 도전에 나선 박건의 미친 활약은 도움이 됐다.

"어쩔 수 없네요. 내가 더 욕을 먹어야겠네요."

"역시……."

"역시 뭐예요?"

"캡틴은 대인배입니다. 이래서 제가 캡틴을 좋아하지 않을 수 없습니다."

"됐거든요."

픽 웃은 송이현이 이내 못마땅한 표정을 지었다.

"그나저나 방송국 놈들은 뭘 하고 있는지 모르겠네요."

"네?"

"제임스 말대로라면 박건 선수의 맹활약은 시청률을 담보할 수 있는 엄청난 기회잖아요. 그런데 박건 선수 경기 중계가 없다는 것이 아쉬워서요."

"그 부분은 캡틴이 걱정하실 필요 없습니다."

"왜 걱정할 필요가 없다는 거죠?"

제임스 윤이 웃으며 대답했다.

"캡틴 표현대로라면 방송국 놈들도 이미 움직이고 있을 겁니다. 방송국 놈들은 돈 냄새에 아주 민감하니까요."

제7장

"어떻게 됐어?"

TBS 스포츠채널의 CP인 배동국이 벌떡 일어나며 질문하자, 피디인 홍수철이 시선을 피하며 대답했다.

"아직… 입니다."

"왜 아직 결정이 안 났어?"

"그게……."

"돈 때문이야?"

"이런저런 이유를 늘어놓고 있지만… 역시 돈 때문일 겁니다."

홍수철이 꺼낸 대답을 들은 배동국이 못마땅한 기색으로 한숨을 내쉬었다.

배동국이 노심초사 기다리고 있는 것은 TBS 스포츠채널에서 메이저리그 중계권 협상에 나서는 것이었다. 그리고 배동국이 메이저리그 중계권 협상에 목을 매는 이유는 박건 때문이었다.

지난 시즌 청우 로열스 소속 선수로 통합 우승을 이끌어낸 후, 박건은 포스팅 시스템을 통해 메이저리그에 진출했다.

'박건은 무조건 성공한다.'

당시 배동국은 포스팅 시스템을 통해서 세계 최고의 무대인 메이저리그에 진출한 박건이 성공할 것을 확신했다. 그래서 박건이 뉴욕 메츠와 입단 계약을 맺자마자, 메이저리그 중계권 협상에 목을 맸다.

"저희가 메이저리그 중계권을 선점해야 합니다. 박건 선수가 블루칩이 되고 나면 여러 방송사에서 메이저리그 중계권 협상에 나설 겁니다. 경쟁이 붙기 시작하면 중계권료 가격이 천정부지로 치솟을 테니, 그 전에 우리가 나서야 합니다."

당시 배동국이 주장했던 내용이었다.

그러나 그 주장은 묵살됐다.

메이저리그 도전에 나선 박건의 활약 여부가 아직 불확실하다. 그러니 메이저리그 중계권을 선점하기 위해서 거액을 투자하는 것은 너무 위험한 투자다.

이게 결정권을 가진 윗선에서 배동국의 주장을 묵살했던 이유였다.

메이저리그 중계권을 선점해서 수익을 거두기 위해서는 한국인 메이저리거의 활약이 필수적이었다.

그런 점에서 윗선이 투자의 위험성을 거론하며 반대한 것.

아주 납득이 가지 않는 것은 아니었다.

그리고… 얼마 전까지만 해도 윗선에서 내린 결정이 옳았던 것처럼 보였다.

뉴욕 메츠 유니폼을 입고 메이저리그 도전을 시작했던 박건은 극심한 부진의 늪에 빠졌으니까.

그렇지만 박건이 트레이드를 통해서 마이애미 말린스로 이적한 후, 갑자기 상황은 급변했다.

언제 부진했냐는 듯 박건은 마이애미 말린스로 이적한 후 미친 활약을 펼치면서 팀의 연승 행진을 이끌고 있었기 때문이었다.

무려 8연승.

마이애미 말린스의 상승세는 심상치 않았다.

더 고무적인 것은 박건이 마이애미 말린스 구단 상승세의 들러리가 아니라 중심이라는 점이었다.

아니, 단순히 중심이라고 표현하기는 어려웠다.

박건은 멱살 잡고 마이애미 말린스 구단의 연승을 하드 캐리

하고 있었다.

야구팬들 역시 기사를 통해서 이런 박건의 맹활약에 대해서
알고 있었다.

또, 일부 야구팬들은 해외 사이트를 통해서 박건이 타석에서
활약하는 영상을 찾아보고 있었다.

그렇지만 이 정도로 팬들은 만족하지 못했다.

—아직 출근 안 했어요? 중계권 협상 안 해요?

—박건 선수 경기 보고 싶습니다. TBS 스포츠채널 사장님을
믿습니다.

—메이저리그 중계해 주세요.

—우리도 수준 높은 야구를 볼 권리가 있다. 수준 떨어지는 개
비오 리그 말고 메이저리그를 볼 수 있게 해다오.

시청자 게시판에 메이저리그 중계권을 구입해서 메이저리그
경기 중계를 해달라는 팬들의 요구가 빗발치는 것이 팬들이 현
상황에 만족하지 못하고 있다는 증거였다.

그럼에도 불구하고 윗선은 아직 결단을 내리지 못하고 있었
다. 그리고 윗선이 결정을 내리지 못하는 이유는 국내 방송사
들 간에 경쟁이 붙으면서 중계권료가 이전에 비해서 치솟았기
때문이었다.

"그러게 내 주장대로 했어야지."

배동국이 한숨을 내쉬었다.

박건이 포스팅 시스템을 통해 메이저리그 진출이 확정된 직후, 타 방송사들과 경쟁이 붙지 않았을 때 메이저리그 중계권 협상에 나섰다면 지금보다 훨씬 더 저렴한 금액에 중계권을 획득할 수 있었을 터.

우유부단하게 결단을 내리지 못하고 계속 망설였던 윗선을 욕하던 배동국이 이내 고개를 흔들었다.

계속 우유부단한 윗선을 욕해봐야 달라질 게 없다는 사실을 알고 있기 때문이었다.

지금 배동국이 해야 할 일은 윗선에서 메이저리그 중계권을 따내기 위해 거액의 투자를 하도록 결심하게 만드는 것이었다.

"무슨 좋은 수가 없을까?"

배동국은 여전히 메이저리그에 진출한 박건이 성공할 거란 확신이 있었다.

그 확신은 뉴욕 메츠 소속 선수일 당시 박건이 극심한 부진에 빠졌을 때도 변하지 않았었다. 그리고 메이저리그에 진출한 박건의 성공은 정점이 아니라 이제 시작이란 확신도 갖고 있었다.

해서 더 욕심이 났다.

'이 승부수가 통하면 내 승진은 따놓은 당상이다.'

만약 TBS 스포츠채널이 메이저리그 중계권을 따낸다면, 박건의 활약이 커지면 커질수록 방송국이 올리는 수익도 기하급수적으로 늘어날 것이었다.

그럼 메이저리그 중계권 선점을 주장하면서 중계권료 협상을
진두지휘한 배동국의 입지가 탄탄해질 것은 당연지사.

임원 승진도 꿈이 아니었다.

"방법을 찾아야 해."

문제는 아직 TBS 스포츠채널에서 메이저리그 중계권을 따내
기 전이라는 점이었다.

윗선에서 거액을 투자하는 결정을 내릴 수 있도록 최대한 매
력적으로 포장을 해야 했다.

"무슨 좋은 수가 없을까?"

포털사이트에 박건의 이름을 검색한 후 스크롤을 내리던 배
동국이 잠시 후 두 눈을 빛냈다.

"'너와 나, 우리의 야구'에 박건이 출연했었지."

작년 기억을 떠올리는 데 성공한 배동국이 서둘러 휴대전화
를 꺼내 들었다.

＊　　　　＊　　　　＊

뉴욕 메츠와 마이애미 말린스가 단행한 2 대 4 트레이드.

트레이드가 단행된 후 오랜 시간이 지난 것은 아니었다.

그러니 어느 쪽이 이득을 보고 어느 쪽이 손해를 봤느냐는
평가를 내리기에는 분명히 이른 시점이었다.

그렇지만 벌써 트레이드에 대한 평가가 나오기 시작하는 이유는 트레이드 이후 뉴욕 메츠와 마이애미 말린스가 대조적인 행보를 보이고 있기 때문이었다.

4승 4패.

트레이드 전까지 5연승의 상승세를 타고 있던 뉴욕 메츠는 트레이드를 단행한 후 오 할 승률을 기록하고 있었다.

나쁘지 않은 성적이었지만, 뉴욕 메츠 팬들은 실망과 불만을 토로하고 있었다.

그 이유는 트레이드 상대 팀이었던 마이애미 말린스가 같은 기간 동안 무려 8연승을 달리고 있었기 때문이었다.

〈마이애미 말린스의 이득으로 끝난 양 팀의 트레이드〉

이런 기사가 빈번하게 나올 정도이니 더 말해 무엇 할까.

"만약에… 이건 어디까지나 만약인데요."

박건이 조심스럽게 입을 떼는 것을 들은 이용운이 핀잔을 건넸다.

"안 어울린다."

"네?"

"그렇게 조심스러운 모습은 후배와 안 어울린다고. 그냥 하던 대로 편하게 말해."

이용운이 핀잔을 건네고 나서야 박건이 더 망설이지 않고 입을 열었다.

"이번 3연전에서 마이애미 말린스가 스윕을 거두면 미겔 카브레라 감독이 경질될 수도 있을까요?"

두 눈을 빛내며 박건이 질문을 던지는 것을 들은 이용운이 웃으며 대답했다.

"가능성은 충분하지."

"정말 미겔 카브레라 감독이 경질될 수도 있단 겁니까?"

"그래. 누군가는 트레이드 실패의 책임을 져야 하니까."

"굳이 누군가 실패의 책임을 져야 한다면… 미겔 카브레라 감독이 아니라 톰 힉스 구단주가 책임을 져야 하는 것 아닙니까?"

박건은 이번 트레이드의 당사자.

트레이드가 물밑에서 어떻게 진행됐는가를 알고 있었다.

그래서 이번 트레이드를 주도한 것이 미겔 카브레라 감독이 아닌 톰 힉스 구단주라는 사실도 알고 있었다.

이것이 박건이 트레이드 실패의 책임을 미겔 카브레라 감독이 아닌 톰 힉스 구단주가 책임져야 하는 것이 맞는 게 아니냐고 말한 것이었고.

그러나 이용운은 단호한 목소리로 말했다.

"톰 힉스 구단주는 책임지지 않는다."

"왜입니까?"

"구단주이니까."

"하지만……."

"그게 세상의 이치다. 실패의 책임은 운영진이 아니라 실무자가 지는 것이지. 실제로 톰 힉스 구단주가 후임 감독을 물색하고 있다는 소문이 돌고 있다."

"벌써요?"

"톰 힉스 구단주 입장에서는 벌써가 아니다. 미겔 카브레라 감독이 무능하단 사실을 알게 됐으니까 한시라도 빨리 경질하고 싶겠지. 그래서 시기를 조율하고 있는데 마침 트레이드 후 뉴욕 메츠의 성적이 부진한 편이다. 그러니 미겔 카브레라 감독이 이번 3연전에서 스윕을 당하면 경질될 가능성이 있다."

"하지만……."

"단순한 소문이 아니다. 톰 힉스 구단주는 벌써 움직였다. 증거도 있고."

"그 증거가 대체 뭡니까?"

"기사다."

"기사… 요?"

"매스컴을 움직였지."

그 증거를 확인하기 위해서 스마트폰을 꺼낸 박건에게 이용운이 지시했다.

"뉴욕 메츠 VS 뉴욕 메츠. 이렇게 검색해 봐."

박건이 그 지시대로 이행하자, 한 건의 기사가 검색됐다.

〈뉴욕 메츠 VS 뉴욕 메츠. 명운이 걸린 단두대매치가 펼쳐진다〉

그 기사 제목을 바라보며 이용운이 말했다.

"메이저리그의 수준만 높은 게 아니다. 기자들의 수준도 다르다. 기사 제목에서부터 퀄리티가 느껴지지 않느냐?"

뉴욕 메츠와 마이애미 말린스가 3연전을 앞두고 있는 상황.

그렇지만 기사를 작성한 기자는 뉴욕 메츠 VS 뉴욕 메츠라고 헤드라인을 뽑았다. 그리고 헤드라인을 이렇게 뽑은 이유는 트레이드 후에 마이애미 말린스의 가파른 상승세를 이끌고 있는 것이 뉴욕 메츠에서 트레이드로 이적한 박건을 포함한 네 선수였기 때문이었다.

비유가 섞인 표현에서는 고급스러움이 묻어났다.

조회수에 목을 매고 자극적인 헤드라인을 뽑아내는 한국 기자들과는 확실히 달랐다.

"확 와닿긴 하네요."

박건이 고개를 끄덕이며 동의했을 때, 이용운이 덧붙였다.

"이번 빅 이벤트에는 또 하나 중요한 것이 걸려 있다."

"뭡니까?"

"탈꼴찌 경쟁."

'아!'

트레이드 단행 후 무려 8연승을 달렸음에도 불구하고, 마이애미 말린스는 여전히 지구 최하위였다.

트레이드 이전에 쌓았던 승수가 워낙 적었기 때문이었다.

그렇지만 8연승을 달린 덕분에 지구 4위와의 격차는 많이 좁혀졌다.

2경기 차.

그리고 현재 내셔널리그 동부 지구 4위를 달리고 있는 구단은 바로 뉴욕 메츠였다.

"만약 이번 시리즈에서 마이애미 말린스가 스윕을 거둔다면 5위에서 4위로 올라설 수 있다. 반면 뉴욕 메츠는 지구 최하위로 추락하게 되지."

'나쁘지 않은 그림.'

이용운의 이야기를 들은 박건이 두 눈을 빛냈을 때였다.

"이 시점에 뉴욕 메츠가 지구 최하위로 떨어진다면 톰 힉스 구단주는 미겔 카브레라 감독을 경질할 확실한 명분을 손에 쥐게 된다. 그때는 진짜 미겔 카브레라 감독이 경질될 수도 있지."

'의욕이 샘솟네.'

박건이 속으로 생각한 순간이었다.

"까톡."

까까오톡 메시지가 도착했다는 알림이 울렸다.

박건이 까까오톡 메시지를 확인한 후 고개를 갸웃했다.

연락처에 저장되어 있지 않은 낯선 번호였기 때문이었다.

―배동국이라고 합니다. 통화 가능할까요?

"배동국? 누구지?"

해서 박건이 고개를 갸웃했을 때, 이용운이 의문을 풀어주었
다.

"TBS 스포츠채널 CP다."

"방송국 CP요?"

'왜 방송국 CP가 내게 연락한 걸까?'

박건은 방송국에 대해서 잘 알지는 못했다.

그렇지만 CP가 방송국 내에서 꽤 높은 직책이란 사실쯤은
막연히 알고 있었다.

그때, 이용운이 못마땅한 목소리로 말했다.

"이 새끼, 건방진 건 여전하네."

"왜 건방지단 겁니까?"

이용운의 비난을 들은 박건이 고개를 갸웃했다.

―배동국이라고 합니다. 통화 가능할까요?

조금 전 도착한 까톡 메시지에서 딱히 건방지게 느껴지는 표
현을 찾을 수 없었기 때문이었다.

그때, 이용운이 덧붙였다.

"소속을 안 밝히잖아."

"그건⋯⋯."

"지 이름 석 자만 대면 세상 사람들이 다 알고 있을 것이라고 생각하는 게 이 새끼가 여전히 건방지단 증거지."

신랄한 비난을 이어나가는 이용운의 반응이 심상치 않음을 느낀 박건이 조심스럽게 질문했다.

"혹시 잘 아는 사이세요?"

"잘 알지. 아주 건방진 새끼다."

이용운은 배동국 CP에게 적의를 감추지 않고 드러냈다.

'무슨 사연이 있구나.'

그 적의를 확인한 박건이 막연하게나마 짐작했을 때, 이용운이 덧붙였다.

"이 새끼가 내 앞길을 가로막았다."

*　　　*　　　*

'연락이 올 때가 됐는데.'

이용운이 초조한 기색을 감추지 못한 채 손목시계를 연신 살폈다.

오후 4시 20분.

손목시계를 보고 시간을 확인한 이용운이 갈증을 느꼈다.

TBS 스포츠채널에서 모집하는 경력 해설위원에 지원하고 최종 면접을 봤던 것이 보름 전이었다.

그리고 합격자 결과 발표일이 바로 오늘이었다.

최종 면접 시 TBS 스포츠채널에서는 최종 합격자를 홈페이지에 공지할 거라고 알렸다. 그러나 홈페이지에 공지하기 전에 최종 합격자에게 개별 연락을 하는 것이 일반적인 관례.

오늘쯤이면 개별 연락이 와야 했다.

"지금까지 연락이 오지 않는다는 것은… 불합격이란 뜻인가?"

이용운이 한숨을 내쉬었다.

이번 경력 해설위원 모집에 지원했던 이유는 어떤 변화가 필요하다고 판단했기 때문이었다.

새 술은 새 부대에 담는다는 속담처럼 새로운 방송국에서 새로운 사람들과 일해보고 싶었다.

게다가 연봉도 지금보다 훨씬 더 높았다.

그래서 이용운은 이직이 무척 간절한 상황.

'분위기는 나쁘지 않았는데.'

최종 면접 당시 분위기는 분명 나쁘지 않았다.

이것이 이용운이 미련을 버리지 못하는 이유.

갈증이 치밀었다.

그래서 오늘 내내 잠잠한 휴대전화에서 시선을 떼지 못한 채 이용운이 아이스커피가 담긴 잔을 들어 올렸다. 그러나 잔을 기울여 봐도 커피는 나오지 않았다.

'다 마셨구나.'

어느새 아이스커피를 다 마셨다는 사실을 뒤늦게 깨달은 이용운이 리필을 하기 위해서 자리에서 일어나려 했을 때였다.

"이거 마셔."

아이스커피 한 잔이 앞으로 내밀어져 있었다. 그리고 아이스커피를 건넨 것이 윤재규라는 사실을 깨달은 이용운이 의아한 시선을 던졌다.

"내가 여기 있는 줄 어떻게 알았어?"

"지금쯤 여기 쪼그리고 앉아서 휴대전화만 노려보고 있을 거라고 생각해서 찾아왔지."

"⋯⋯?"

"냉수 먹고 속 차리라고, 아니, 냉커피 마시고 속 차리라고 주는 거야."

윤재규가 덧붙인 말을 들은 이용운이 표정을 굳혔다.

"무슨 뜻이야?"

"물 먹었어."

"응?"

"그러니까 냉커피 마시고 속 차리라고."

윤재규는 이용운이 TBS 스포츠채널 경력 해설위원 모집에 지원했다는 사실을 이미 알고 있었다.

그런 그가 이렇게 말하고 있는 것은 이미 최종 합격자가 발표됐다는 뜻이었다.

'내가⋯ 떨어졌다?'

합격을 내심 기대했던 이용운이 허탈함을 감추지 못한 채 혼잣말을 꺼냈다.

"왜… 떨어졌지?"

어떤 대답을 바라고 던졌던 질문이 아니었다.

말 그대로 혼잣말을 중얼거린 것이었는데.

윤재규에게서 대답이 돌아왔다.

"배동국 CP 알지? 배동국 CP가 결사반대했기 때문이래."

*　　　*　　　*

'전환점.'

인생에는 전환점이 존재하는 법이다.

인생을 살다 보면 흔히 터닝 포인트라고 표현하는 어떤 순간들이 존재하기 마련이었고, 당시의 이용운은 TBS 스포츠채널로 이직하는 것이 인생의 터닝 포인트가 될 것이라고 기대했다.

그런 기대를 품었던 이유는 TBS 방송국이 새롭게 스포츠채널을 런칭하면서 의욕적인 투자를 하는 시점이었기 때문이었다.

'나와 궁합이 맞아.'

새로 런칭한 TBS 스포츠채널 입장에서는 다른 스포츠채널과의 경쟁에서 우위를 점하기 위해서 새로운 콘텐츠를 개발하는 것이 필요했다.

'기존의 콘텐츠들과는 차별화된 콘텐츠를 원하는 TBS 스포츠와 내 독설 해설이 시너지를 낸다면 지금껏 본 적 없는 시청자들이 열광하는 새로운 콘텐츠를 탄생시킬 수 있을 거야. 그럼 내 해설위원 인생에도 터닝 포인트가 될 거야.'

이런 확신과 기대는 허무하게 무산됐다.

배동국 CP가 이용운의 TBS 스포츠채널 이직을 결사반대했기 때문이었다.

'인생사 새옹지마.'

그랬던 배동국 CP가 박건에게 통화를 원한다는 까까오톡 메시지를 보낸 것을 확인한 순간, 이용운이 퍼뜩 떠올린 생각이었다.

"어떻게 할까요?"

박건이 던진 질문을 듣고서 이용운이 상념에서 깨어났다.

"통화해."

"배동국 CP와 통화하라고요?"

"배동국 CP 말고 재규와 통화하자."

"재규요?"

"그래."

"재규는 또 누군데요?"

이용운이 대답했다.

"내 친구다. 오랜만에 안부 전화 한번 하자."

　　　　*　　　　　*　　　　　*

"크으. 쓰다."

소주를 마시고 빈 잔을 내려놓은 윤재규가 인상을 구겼다.

기분 탓일까.

오늘따라 유난히 소주가 더 썼다.

"이제 뭘 해먹고 살아야 하나?"

소주보다 더 쓴 것은 현실이었다.

"어느 정도 짐작했겠지만, 재계약은 하지 않겠네."

재계약 불가 통보를 하던 최태원 국장의 냉랭한 표정과 차가운 목소리가 떠오른 순간, 윤재규의 표정이 더욱 구겨졌다.

"…예상했던 일이잖아."

최태원 국장의 말이 맞았다.

윤재규는 재계약 불가 통보를 받을 것을 어느 정도 짐작하고 있었다.

프로야구 중계가 아닌 중고교 야구의 중계를 주로 배정받았던 것이 기존 해설위원들 사이의 경쟁에서 밀렸다는 증거.

그렇지만 막상 재계약 불가 통보를 받고 나자 눈앞이 아득해지는 것은 어쩔 수 없었다.

지이잉. 지이잉.

그때, 탁자 위에 올려두었던 휴대전화가 진동했다.

아내에게서 걸려온 전화임을 확인한 윤재규가 휴대전화로 손을 뻗는 대신 양손을 주머니에 꽂았다.

"어떻게 말해야 하나?"

아직 아내에게 재계약 불가 통보를 받았다는 사실을 알리지 못한 상황이었다.

자신만 바라보고 있는 아내와 아직 초등학생인 두 아들을 떠올리자 윤재규의 가슴이 더욱 답답해졌다.

재계약 불가 통보를 받은 것보다 더 큰 문제는 앞으로 뭘 해서 먹고살아야 할지 자신도 갈피를 잡지 못했다는 점이었다.

"후우."

윤재규가 한숨을 내쉬며 소주병을 향해 손을 뻗었다. 그리고 소주병을 기울여 소주잔을 채우려다가 도중에 멈칫했다.

문득 떠오르는 사람이 있었기 때문이었다.

"용운이도 많이 힘들었겠네."

재계약 불가 통보를 받고 포장마차에서 혼자 술잔을 기울이던 예전 이용운의 모습을 떠올린 윤재규가 씁쓸한 표정을 지었다.

"…보고 싶네."

만약 이용운이 살아 있었다면?

지금 자신은 혼자 쓸쓸히 술을 마시고 있지 않을 것이었다.

의리 있는 이용운이 맞은편에 앉아서 함께 술을 마시며 위로해 주었을 테니까.

"왜 그리 빨리 가버렸나?"

너무 일찍 세상을 떠나 버렸던 이용운을 떠올린 윤재규가 못내 아쉬운 기색을 드러냈을 때였다.

지이잉. 지이잉.

휴대전화가 다시 진동했다.

역시 아내에게서 걸려온 전화일 거라 예상하고 휴대전화 액정을 힐끗 살폈던 윤재규가 고개를 갸웃했다.

액정에 낯선 번호가 떠올라 있었기 때문이었다.

"누구지?"

'받을까? 말까?'

잠시 고민하던 윤재규가 결국 휴대전화를 향해 손을 뻗었다.

말 상대가 필요했기 때문이었다.

"여보세요?"

"윤재규 해설위원님이시죠?"

"그런데, 누구시죠?"

"저는 박건이라고 합니다."

'박건?'

수화기 너머로 들려온 이름을 들은 윤재규가 왼손에 들고 있던 소주병을 탁자 위에 내려놓았다.

박건이란 이름이 무척 낯익었다. 그리고 윤재규는 얼마 지나지 않아서 박건이란 이름이 낯설지 않은 이유를 알아냈다.

'요새 가장 핫한 선수이니까.'

지난 시즌 청우 로열스의 통합 우승을 이끈 선수.

　지난 시즌의 활약을 바탕으로 올 시즌 메이저리그 도전에 나선 선수.

　비록 뉴욕 메츠 선수로서 시즌 초반에는 극심한 부진의 늪에 빠졌지만, 트레이드를 통해 마이애미 말린스로 이적한 후 맹활약을 펼치고 있는 선수.

　'8연승이었던가?'

　명색이 해설위원인 윤재규가 박건이란 선수에 대해 모를 리 없었다.

　그렇지만 윤재규와 박건은 사적인 인연이 없었다.

　즉, 지금 통화를 하고 있는 사람이 방금 떠올린 메이저리거 박건일 확률은 극히 낮다는 뜻이었다.

　"달랑 이름만 밝히면 내가 그쪽이 누군지 어떻게 알겠소?"

　해서 윤재규가 퉁명스레 말했을 때였다.

　"정말 저를 모르십니까?"

　"모른다니까."

　"해설위원이신데 왜 저를 모르십니까?"

　"내가 아는 박건은 현재 마이애미 말린스 소속 선수인 박건뿐이오."

　"잘 알고 계시네요."

　"……?"

　"제가 그 박건입니다."

'내가 알고 있는… 그 박건이라고?'

휴대전화를 움켜쥐고 있던 윤재규의 손에 힘이 들어갔다.

내가 당신이 알고 있는 마이애미 말린스에서 뛰고 있는 그 박건이다.

방금 통화를 하는 상대는 이렇게 밝혔다.

그렇지만 윤재규는 순순히 그 말을 믿기 힘들었다.

"진짜… 박건 선수가 맞소?"

해서 확인하듯 질문하자, 박건에게서 대답이 돌아왔다.

"보이스 피싱을 의심하시는 겁니까?"

"그게……."

정곡을 찔린 윤재규가 움찔했을 때, 박건이 덧붙였다.

"뉴욕 메츠와의 3연전을 앞두고 있는 박건이 맞습니다. 정 못 믿으시겠으면 송이현 단장님에게 이 전화번호가 제 번호가 맞는지 확인해 보셔도 됩니다."

'진짜… 박건이다.'

윤재규가 입술을 적셨다.

굳이 청우 로열스 송이현 단장에게 연락해서 박건 선수가 맞는지 여부를 확인할 필요는 없었다.

"까톡."

까까오톡 메시지를 통해서 한 장의 사진이 날아 들어왔기 때문이었다.

뉴욕 공항을 배경으로 박건과 송이현 단장이 함께 찍은 사진.

이 사진을 자신에게 보냈다는 것이 지금 통화를 하고 있는 상대가 진짜 메이저리거 박건이란 증거였다.

'왜 내게 전화했을까?'

일단 통화를 하고 있는 상대가 진짜 박건이란 사실을 알고 난 후, 윤재규가 품은 의문이었다.

박건과 자신은 사적인 인연이 전혀 없는 상황.

게다가 공적으로도 얽힐 부분이 전혀 없었다.

재계약 불가 통보를 받은 윤재규는 더 이상 TBN 스포츠채널 소속 해설위원이 아니었기 때문이었다.

'짐작조차 안 가는군.'

현직 메이저리거 박건이 자신에게 갑자기 연락한 이유가 감히 짐작조차 가지 않았다. 그래서 윤재규가 더 참지 못하고 질문을 던졌다.

"박건 선수가 내게 전화를 건 이유가 무엇이오?"

"하나 여쭤보고 싶은 게 있어서 연락드렸습니다."

"나한테 묻고 싶은 게 무엇이오?"

박건이 질문했다.

"이용운 해설위원과 친하셨습니까?"

*　　　　*　　　　*

"친했소. 조금 전에도 그 친구를 떠올렸을 정도로."

윤재규에게서 대답이 돌아온 순간, 이용운의 가슴이 뜨거워졌다.

자신은 이미 오래전에 죽은 상황.

그런데 누군가가 여전히 자신을 기억하고 있다는 것이 사무치게 반갑고 고마웠기 때문이었다.

'의리 있네.'

이용운이 새삼 윤재규의 의리에 감탄했을 때였다.

"나는 그 친구가 대한민국 최고의 해설위원이라고 판단하고 있소. 그 생각은 지금도 변함이 없고."

'의리가 있는 데다가 보는 눈도 있네.'

윤재규가 덧붙인 평가가 이용운의 마음을 더욱 흡족하게 만들었다.

그와 동시에 미안한 마음도 깃들었다.

'너무 무심했네.'

죽고 난 후 살기(?) 바빠서 윤재규의 근황에 대해 관심을 기울이지 못했던 것이 미안해서였다.

"컴퓨터 앞으로 가자. 그리고 아까 내가 물어보라고 했던 것을 물어봐."

박건에게 지시한 후 이용운이 인터넷에 접속했다.

토독. 토독.

자판을 두드려서 TBN 스포츠채널 홈페이지에 접속을 마쳤을 때, 박건이 아까 지시한 대로 질문을 던졌다.

"혹시 배동국 CP를 아십니까?"

"물론 알고 있소."

"그럼 이용운 해설위원이 예전에 TBS 스포츠채널에서 경력 해설위원을 모집할 때 지원했다는 것도 아십니까?"

"그것도 알고 있소. 그런데… 박건 선수가 그걸 어떻게 알고 있소?"

윤재규 입장에서는 당연히 품을 수 있는 의문이었다. 그리고 이용운은 이미 이 질문이 나올 것을 예상하고 모범 답안을 알려준 후였다.

"일전에 이용운 해설위원님에게 들었던 적이 있습니다."

박건이 모범 답안을 꺼내자, 윤재규가 다시 질문했다.

"박건 선수가 그 친구를 어떻게 알고 있소?"

"잘 아는 사이입니다."

"박건 선수와 그 친구가 잘 아는 사이다?"

"어쩌다 보니… 그렇게 됐습니다."

다행히 윤재규는 더 이상 그에 관해 질문을 던지지 않았다. 그리고 박건은 기회를 놓치지 않고 다시 질문했다.

"이용운 해설위원은 당시 TBS 스포츠채널에서 모집한 경력 해설위원으로 뽑히지 못했습니다. 혹시 그 이유도 알고 계십니까?"

"아까 박건 선수가 언급했던 배동국 CP 때문이오. 배동국 CP가 그 친구가 뽑히는 걸 결사반대했던 걸로 알고 있소."

"혹시 배동국 CP가 결사반대했던 이유도 알고 있습니까?"

"알고 있소."

"뭡니까?"

"내정자가 있었기 때문이오."

딸깍.

마우스를 클릭했던 이용운이 와락 표정을 구겼다.

원래 계획은 홈페이지 상단의 '공지 사항' 페이지를 클릭하려는 것이었는데 실수로 '이벤트' 페이지를 클릭했기 때문이었다. 그리고 이용운이 이런 실수를 범한 이유는 집중력이 일순 흐트러져서였다.

'내정자가… 있었다고?'

윤재규가 꺼낸 대답을 들은 순간, 기분이 제대로 상했다.

만약 윤재규의 대답처럼 내정자가 있었던 거라면 당시에 지원을 해서 면접을 보고 합격자 발표가 날 때까지 마음을 졸였던 것들이 괜한 헛수고를 했던 셈이었다.

'허기원'

잠시 후, 이용운이 떠올린 것은 허기원이었다.

당시 이용운을 제치고 TBS 스포츠채널 경력 해설위원 모집에 최종 합격했던 것이 허기원이었기 때문이었다.

'내가 실력에서 밀렸던 것이 아니었어.'

허기원이 내정자였단 사실을 뒤늦게 알고 난 후 이용운의 가슴속에서 분노가 치밀어 올랐다.

그렇지만 이용운은 애써 분노를 억누르며 뒤로가기 버튼을 누른 후, 다시 정신을 집중하며 '공지 사항' 페이지를 클릭했다.

—홍기열 해설위원이 새롭게 TBN 스포츠채널 해설진에 합류합니다.

잠시 후, 이용운이 게시물을 확인하고서 눈살을 찌푸렸다.

홍기열은 여울 데블스의 프랜차이즈 스타로 활약했던 투수였다.

'지지난 시즌에 선수 은퇴를 한 후 코치로 변신했던 홍기열이 내년 시즌부터 해설위원으로 TBN 스포츠채널에 합류한다?'

이용운이 이 게시물을 확인하고 눈살을 찌푸린 이유는 홍기열에게 어떤 억하심정이 있어서가 아니었다.

홍기열이 새로이 TBN 스포츠채널의 해설 위원으로 합류하게 되면 반대급부가 있기 마련.

즉, 기존의 해설위원 가운데 누군가는 TBN 스포츠채널을 떠나야 했다. 그리고 TBN 스포츠채널을 떠날 가장 유력 후보는 지금 통화하고 있는 윤재규였다.

"물어봐라."

거기까지 생각이 미친 순간 이용운이 박건에게 지시했다.

"갑자기 뭘 물어보란 겁니까?"

"잘렸는지 물어봐."

"……?"

"TBN 스포츠채널 해설위원직에서 잘렸는지 물어보라고."

이용운이 재차 지시했다. 그렇지만 박건은 순순히 그 지시를 따르지 않았다.

계속 머뭇거리고 있는 박건을 확인한 이용운이 답답한 목소리로 질문했다.

"왜 빨리 안 물어봐?"

"그게… 좀 그렇잖아요."

"뭐가?"

"뜬금없이 전화를 해서는 해설위원직에서 잘렸냐고 묻는 것, 너무 실례라고 느껴지는데요."

박건의 주장도 일리가 있었다.

그렇지만 이용운은 마음이 급했기에 다시 재촉했다.

"일단 물어봐. 실례를 무릅쓸 가치가 있으니까."

"후우."

영 내키지 않는 걸까.

긴 한숨을 내쉰 후에야 박건이 지시를 따랐다.

"하나 더 궁금한 게 있습니다."

"또 뭐가 궁금하오?"

"혹시… 잘렸습니까?"

제8장

'이게 대체 무슨 상황이지?'

윤재규가 머리를 긁적였다.

일단 현직 메이저리거인 박건이 자신에게 불쑥 전화를 걸어온 것부터 의아했다.

그런데 아직 끝이 아니었다.

예고도 없이 불쑥 전화를 걸어온 박건은 자신이 전혀 예상치 못했던 질문들을 잇따라 쏟아내고 있었다.

그 질문들 가운데서도 압권은 방금 박건이 던진 질문이었다.

"혹시… 잘렸습니까?"

'어떻게 알았지?'

이 질문을 받은 순간, 윤재규는 적잖이 당황했다.

자신이 재계약 불가 통보를 받은 사실을 알고 있는 인물은 극소수였다.

아내에게조차도 알리지 못한 상황이었으니 더 말해 무엇 할까?

그런데 박건은 자신이 재계약 불가 통보를 받았다는 사실을 이미 알고 있는 사람처럼 이런 질문을 던졌다.

평소의 윤재규였다면 일단 의문을 해소하려 들었을 것이었다.

그렇지만 오늘은 조금 달랐다.

술을 꽤 마셔서 취기가 돌고 있는 데다가, 누구에게라도 신세 한탄을 하고 싶었다. 그래서 윤재규는 쓴웃음을 머금은 채 되물었다.

"어떻게 알았소?"

그 질문에 박건이 대답했다.

"관심이 있으니까요."

"내게 관심이 있단 뜻이오?"

"그렇습니다."

"이유가 뭐요? 난 선수로도 해설위원으로도 별로 주목받지 못했던……."

"좋은 해설위원이셨습니다."

'내가… 좋은 해설위원이었다고?'

다른 이도 아닌 현직 메이저리거인 박건에게서 좋은 해설위원이었다는 평가를 받았는데, 기쁘지 않다면 거짓말이었다.

그럼에도 불구하고 윤재규는 환하게 웃을 수 없었다.

이미 재계약 불가 통보를 받은 상황.

더 이상 해설을 할 기회가 없다는 사실 때문이었다.

그때였다.

"아직 좌절하기는 이릅니다."

"……?"

"재충전의 시간이라고 생각하십시오."

'재충전?'

얼굴을 대면해 본 적조차 없는 박건에게서 이런 위로를 받는다는 것이 겸연쩍었다. 그럼에도 불구하고 신기하게도 위로가 됐다.

그리고 아직 끝이 아니었다.

"제가 충고 하나 드려도 될까요?"

"어떤 충고를 하려는 것이오?"

"재충전 기간 동안 공부하십시오."

'공부? 무슨 공부를 하라는 뜻이지?'

윤재규가 의문을 품은 순간, 박건이 덧붙였다.

"메이저리그를 공부하십시오. 그럼 새로운 길이 열릴 겁니다."

"전화해라."

"또 누구한테요?"

"누구긴 누구야? 배동국 CP한테지."

박건이 윤재규와의 통화를 마치기 무섭게 이용운은 배동국 CP와 통화를 하라고 재촉했다.

그렇지만 박건은 선뜻 통화 버튼을 누르지 못하고 망설였다.

'예감이 안 좋아.'

불길한 예감이 들어서였다. 그리고 박건이 불길함을 느낀 이유는 이용운과 배동국 CP의 관계가 무척 껄끄럽단 사실을 알고 있어서였다.

"잘 알지. 아주 건방진 새끼다. 그리고 이 새끼가 내 앞길을 가로막았다."

아까 배동국 CP에 대해서 언급하던 이용운의 목소리는 적의가 가득 깃들어 있었다. 그래서 생면부지인 배동국 CP와 통화하는 도중에 이용운이 무슨 독설을 날릴지 몰라서 벌써 겁부터 나는 것이었다.

"통화는 나중에 하면 안 될까요?"

해서 박건이 조심스럽게 운을 뗐지만, 이용운은 단호했다.

"벌써 봤다."

"뭘 봤다는 겁니까?"

"까까오톡 메시지 말이다."

"그거야……."

"자기가 보낸 까까오톡 메시지를 후배가 봤다는 것을 배동국 CP도 알고 있는 상황이다. 그런데 후배가 연락을 안 하면 어떻게 될까?"

"어떻게 되는데요?"

"제대로 찍히지. 방송국 놈들이 건방진 데다가 뒤끝이 쩔거든."

한숨을 푹 내쉰 박건이 결국 휴대전화를 다시 집어 들며 물었다.

"통화해서 뭐라고 할까요?"

이용운이 대답했다.

"일단 뭘 원하는지부터 알아보자."

＊　　　　＊　　　　＊

지이잉. 지이잉.

초조한 기색을 감추지 못한 채 탁자 위에 올려놓은 휴대전화를 노려보던 배동국이 의자에서 벌떡 일어났다.

"왔다!"

수소문 끝에 어렵게 박건의 연락처를 알아내는 데 성공했다. 그리고 통화를 원한다는 까까오톡 메시지를 보낸 이유는 메이저리그 중계권 협상에서 유리한 위치를 선점하기 위해서였다.

하지만 까까오톡 메시지를 확인했음에도 불구하고 박건에게서는 바로 연락이 오지 않았다. 그래서 초조하게 기다렸는데 마침내 전화가 걸려온 것이었다.

'첫 단추는 꿰다.'

일단 박건과의 통화가 성사됐다는 것에 배동국이 상기된 표정을 감추지 못하고 통화 버튼을 눌렀다.

"이렇게 연락해 주서서 감사합니다."

배동국이 예의를 갖춰서 인사했을 때였다.

"누구시죠?"

"네?"

"누구신데 제 연락처를 알고 메시지를 보낸 겁니까?"

"메시지 못 보셨습니까? 배동국입니다."

"이름은 압니다."

"그런데……?"

"제가 아는 건 이름 석 자뿐입니다."

'아!'

배동국이 그제야 말뜻을 이해했다.

'날 모르는구나.'

배동국은 꽤 오랫동안 스포츠채널 방송국에서 일해왔다.

야구 관계자들 사이에서는 자신의 이름 석 자만 대더라도 대부분 통했다.

그래서 박건도 마찬가지일 거라 여겼는데.

그 예상이 빗나갔다는 사실을 뒤늦게 깨달은 배동국이 서둘러 입을 뗐다.

"정식으로 소개하겠습니다. TBS 스포츠채널에서 CP로 일하고 있는 배동국입니다."

"그런데요?"

정식으로 본인을 소개했던 배동국의 말문이 일순 막혔다.

박건에게서 이런 반응이 돌아올 것이라고는 예상치 못해서였다.

'왜 이렇게 날이 서 있지?'

잠시 후 배동국이 고개를 갸웃했다.

박건과 자신은 일면식도 없었다.

당연히 악연으로 얽혔을 리 없는 상황.

그런데 지금 자신과 통화하는 박건에게서는 적의가 느껴졌다.

그에 대해 잠시 의문을 품었던 배동국이 이내 고개를 흔들었다.

'착각일 거야.'

자신이 착각한 것이라 판단한 배동국이 다시 입을 뗐다.

"실은 박건 선수에게 부탁할 것이 있어서 연락드렸습니다."

"부탁이요? 어떤 부탁이죠?"

"박건 선수가 최근 들어 좋은 활약을 펼치면서 국내 야구팬들 사이에서 메이저리그 중계를 원하는 목소리가 높아지고 있습니다. 그래서 저희 TBS 스포츠채널에서도 메이저리그 사무국과 중계권 협상에 나설 계획을 세우고 있습니다."

"그런데요?"

"네?"

"그건 TBS 스포츠채널과 메이저리그 사무국이 협의할 부분이 아닙니까?"

배동국의 말문이 일순 막혔을 정도로 박건의 지적은 날카로웠다.

메이저리그 중계권 협상은 국내 방송국과 메이저리그 사무국 사이에서 협의하는 것이 맞았다.

"그건 맞습니다."

"제가 끼어들 여지는 없는 것 같은데요?"

"그것도 맞습니다."

"그런데 왜 제게 연락하신 겁니까?"

배동국이 짤막한 숨을 들이쉰 후 힘주어 대답했다.

"메이저리그 중계권을 따낼 수 있을 정도로 매력적인 콘텐츠를 만들고 싶어서입니다."

이 정도 대답을 듣고 만족하길 바랐는데.

아쉽게도 박건은 만족한 기색이 아니었다.

"진짜 이유는 따로 있는 것 아닙니까?"

박건이 시니컬한 목소리로 던진 질문을 들은 후 배동국이 흠 칫했다.

진짜 이유는 따로 있을 거란 박건의 짐작이 틀리지 않았기 때문이었다.

하지만 진짜 이유를 순순히 털어놓을 수는 없는 노릇.

"진짜 이유라니요?"

해서 배동국이 시치미를 뚝 뗀 채 되묻자, 박건이 말했다.

"진짜 이유는 돈 때문 아닙니까?"

＊　　　　＊　　　　＊

—방송국 놈들 똥은 개도 안 먹는다.

세간에서 방송국에서 근무하는 사람들을 비하할 때 쓰는 표 현이었다.

그만큼 지독한 놈들이란 의미가 담겨 있는 표현.

배동국도 이 표현에 대해 잘 알고 있었다. 그리고 배동국은 누군가 면전에서 이런 말을 던지며 비아냥댈 때 한 번도 반박 한 적이 없었다.

이 표현이 모두 사실이었기 때문이었다.

'치가 떨릴 지경이지.'

배동국이 짤막한 한숨을 내쉬었다.

자신이 판단하기에도 방송국에서 근무하는 이들에게는 지독하고 집요한 면이 존재했다.

특히 금전적인 측면에서 더욱 지독하고 집요했다.

한 방송국에서 제작한 어떤 콘텐츠가 돈이 된다는 소문이 돌면 바로 베꼈다.

소재뿐만 아니라 포맷도 유사한 콘텐츠를 제작해서 최대한 빨리 방송에 내보낸다.

그 과정에서 저작권이나 양심의 가책 따윈 중요치 않다.

오직 수익을 올리는 데만 혈안이 돼 있기 때문이다.

그렇게 집요한 방송국 인간들은 시청자들의 요구에 무척 민감하다.

―우리도 수준 높은 메이저리그 경기를 보고 싶다.

야구팬들이 메이저리그 경기를 보고 싶다고 올리는 게시물들을 전부 모니터링했고, 이미 분주하게 계산기를 두드리고 있었다. 그리고 메이저리그라는 세계 최고의 무대에 도전한 박건이 맹활약을 펼치면서 여러 방송국에서 메이저리그 중계권을 구입하겠다는 결심을 굳힌 후였다.

이제 남은 것은 어느 방송국이 경쟁자들을 따돌리고 메이저

리그 중계권을 따내서 독점으로 방송하는가 여부였다. 그리고
경쟁의 승자가 되는 조건은⋯ 입찰액이었다.

국내 방송사들과 중계권 협상에 나서는 메이저리그 사무국
의 입장에서는 국내 어느 방송사가 중계권을 따내더라도 상관
이 없었다.

메이저리그 사무국이 관심 있는 것은 하나.

중계권을 국내 방송사에 넘기는 과정에서 더 많은 수익을 얻
는 것뿐이었다.

"진짜 이유는 돈 때문 아닙니까?"

아까 박건이 했던 말이 옳았다.

메이저리그 중계권 협상은 속된 말로 '전의 전쟁'이었다.

TBS 스포츠채널에서 메이저리그 중계권을 따내기 위해서는
타 방송국보다 더 많은 입찰액을 써 내야 했다.

'약 800만 달러 정도면 타 방송국들을 따돌리고 메이저리그
중계권을 따낼 수 있지 않을까?'

배동국은 대략 800만 달러의 중계료를 입찰액으로 제시하면
타 방송국들을 따돌리고 메이저리그 중계권을 따낼 수 있다고
판단하고 있었다. 그리고 막연한 계산이 아니었다.

이 계산에는 나름의 근거가 있었다.

5년 전, KBC 채널에서 맺은 메이저리그 중계권 협상료는 4년

400만 달러 수준이었다.

연 평균 100만 달러 수준.

그리고 KBC 채널에서 메이저리그 중계권료 가격을 비교적 낮게 구입할 수 있었던 이유는 크게 두 가지였다.

우선 단독 입찰이었기 때문이었다.

경매의 법칙 중 하나는 경쟁이 붙어야 입찰액이 올라가는 것.

그런데 당시에는 메이저리그 중계권을 따내기 위해서 KBC 방송사와 경쟁하는 국내 타 방송사가 없었다.

또 하나의 이유는 메이저리그에서 활약하는 한국 선수가 없었기 때문이었다.

국내 야구팬들이 가장 보고 싶어 하는 것은 한국 선수가 세계 최고의 무대인 메이저리그에서 좋은 활약을 펼치는 것.

당연히 한국 선수가 메이저리그 경기에 출전하는가 여부는 시청률에 큰 영향을 미칠 수밖에 없었고, 이것이 메이저리그 중계권료가 저렴했던 가장 큰 이유였다.

물론 KBC 방송국에서도 아무 생각 없이 400만 달러는 지불하고 메이저리그 중계권을 따냈던 것은 아니었다.

나름의 노림수가 있었다.

그 노림수는 바로 선수들이었다.

이현수를 비롯한 몇몇 국내 선수들이 메이저리그 도전을 앞두고 있었고, 만약 그 선수들이 메이저리그에 진출해서 맹활약을 펼치면 메이저리그 중계권을 구입하기 위해서 지불한 400만 달러는 절대 손해가 아니다.

오히려 고작 400만 달러를 투자해서 메이저리그 중계권을 따낸 것을 통해서 투자 대비 엄청난 수익을 거둘 수 있다.

이것이 KBC 방송국의 야심찬 노림수였는데.

결과적으로 그 노림수는 먹혀들지 않았다.

메이저리그에 진출했던 이현수를 비롯한 몇몇 국내 선수들이 좋은 활약을 펼치지 못하고 국내로 복귀했기 때문이었다.

＊　　　　＊　　　　＊

'지금은 상황이 또 달라졌어.'

배동국이 두 눈을 빛냈다.

당시와 지금, 가장 큰 차이점은 메이저리그에서 뛰고 있는 한국 선수가 존재한다는 점이었다.

그 선수는 바로 지금 통화하고 있는 박건.

그리고 박건은 현재 메이저리그에서 단순히 뛰고 있는 것이 다가 아니었다.

메이저리그에서도 가장 인상적인 활약을 펼치는 선수들 중 한 명이었다.

박건이 메이저리그 사무국에서 선정하는 '이달의 선수' 후보에 올랐다는 것이 박건이 현재 메이저리그에서 맹활약을 펼친다는 증거였다.

이제 관건은 꾸준함이었다.

박건이 앞으로도 계속 지금 못지않게 좋은 활약을 펼친다면?

국내 야구팬들은 물론이고, 야구에 큰 관심이 없었던 국민들까지 TV 모니터 앞으로 불러 모을 수 있을 것이었다.

그때는 말 그대로 엄청난 대박이 나는 셈이었고.

하지만 불안 요소도 분명히 존재했다.

그 불안 요소는 바로 박건이 지금처럼 꾸준한 활약을 펼치지 못하는 것이었다.

이런 긍정 요소와 불안 요소에 대해서는 타 방송사들도 모두 파악한 상황에서 계산기를 두드리고 있을 터.

이런 점들을 감안해서 배동국은 4년 800만 달러를 지불하면 TBS 스포츠채널에서 메이저리그 중계권을 따낼 수 있을 것이라고 판단한 것이었다.

그러나 여전히 문제는 존재했다.

바로 윗선의 결정이었다.

800만 달러는 거금.

윗선에서는 선뜻 800만 달러라는 거금을 투자할 리 없었다.

배동국과 달리 확신을 갖지 못하고 있기 때문이었다.

해서 지금 배동국이 해야 할 일은 윗선에서 메이저리그 중계권을 따내기 위해서 800만 달러라는 거금을 투자하도록 유도

하는 것이었다.

"TBS 스포츠채널에서 메이저리그 중계권을 따내고 싶으시면 돈을 쓰시죠."

박건이 여전히 시니컬한 목소리로 던진 이야기를 듣고서 배동국이 상념에서 깨어났다.

"물론 돈을 쓸 겁니다."

"그럼 더 할 이야기가 없네요."

"잠시만요."

"아직 더 할 이야기가 남아 있습니까?"

"그렇습니다."

"뭐죠?"

"제 돈이 아닙니다."

"네?"

"제 돈이 아니라서 TBS 스포츠채널에서 돈을 쓰기 위해서는 윗선을 설득해야 한다는 뜻입니다."

배동국이 솔직하게 털어놓기 시작했다.

"저는 박건 선수가 메이저리그라는 세계 최고의 무대에서 앞으로도 꾸준히 최고의 활약을 펼칠 것이라는 믿음을 갖고 있습니다. 이것이 제가 메이저리그 중계권을 따내기 위해서 안간힘을 쓰고 있는 이유입니다. 그렇지만 결정권을 갖고 있는 TBS 스포츠채널의 사장님 이하 이사님들은 저와 다릅니다. 쉽게 말해 박건 선수가 앞으로도 꾸준히 지금처럼 빼어난 활약을 펼칠 거란 확신을 갖고 있지 못하단 뜻이죠. 그래서 저는 사장님 이하 이사님들을 설득해야 합니다. 그 과정에서 박건 선수의 도움이 필요합니다."

"제게 원하는 것이 뭐죠? 아니, 그 전에 궁금한 게 있습니다."

"무엇입니까?"

"어떤 방식으로 설득할 계획입니까?"

"그건……."

"저도 모릅니다."

"네?"

"제가 경험했던 메이저리그는 결코 호락호락한 무대가 아니었습니다. 지금이야 제 타격감이 상승세를 타고 있어서 좋은 활약을 펼치고 있지만, 타격에는 사이클이 있습니다. 다시 타격감이 하락하고 나면 올 시즌 초반처럼 극심한 부진에 빠지게 될 가능성은 얼마든지 존재합니다."

"알고 있습니다. 그리고 그 부분은 제가 어떻게 할 수 있는 영역이 아닙니다. 박건 선수를 믿을 수밖에 없죠."

"하지만……."

"지금 제가 할 일은 현재 박건 선수의 활약을 최대한 부각시키는 겁니다. 그리고 하나 더, 윗선에서 메이저리그 중계권 협상에 나서겠다는 결정을 내리도록 타 방송사보다 매력적인 콘텐츠를 구성하는 것뿐입니다. 이 매력적인 콘텐츠를 구성하는 과정에서 박건 선수의 도움이 필요합니다."

"제게 원하시는 것이 무엇입니까?"

"단독 인터뷰입니다."

먼 길을 돌고 돌아 본론에 접어든 순간, 배동국이 재빨리 대답했다.

박건이 맹활약을 펼친 후, TBS 스포츠채널과 단독 인터뷰를 해준다면?

국내 팬들에게 제대로 어필이 되며 화제가 될 터였다.

이것이 배동국이 머릿속으로 구상하고 있는 매력적인 콘텐츠의 핵심.

'어떤 대답이 돌아올까?'

배동국이 휴대전화를 움켜쥐고 있던 손에 힘을 더했다.

박건의 대답 여하에 따라서 TBS 스포츠채널이 메이저리그 중계권을 따낼 수 있는가 여부가 달려 있는 상황.

해서 배동국이 잔뜩 긴장하고 있을 때, 마침내 박건에게서 대답이 돌아왔다.

"고민해 보겠습니다."

*　　　　*　　　　*

"고민해 보겠습니다. 생각할 시간을 주시죠."

박건이 말을 마친 순간, 배동국이 아쉬움이 잔뜩 묻어 있는 한숨을 내쉬었다.

"언제쯤 답을 들을 수 있을까요?"

"저도 모르겠습니다."

"그렇지만……."

"저는 당장 뉴욕 메츠와 중요한 3연전을 앞두고 있는 선수입니다. 일단 경기에 집중하는 것이 맞다고 생각합니다."

박건의 지적이 옳다고 판단해서일까.

배동국은 더 재촉하지 못했다.

"최대한 빨리 대답해 주시면 감사하겠습니다."

그가 마지막 당부의 말을 남기고 통화를 종료한 순간, 박건이 의외라는 표정을 지은 채 입을 뗐다.

"제 예상과는 다른 대답이었습니다."

아까 박건은 배동국의 부탁을 들어줄지 여부에 대해서 생각할 시간을 갖고 고민해 보겠다고 대답했었다.

그리고 그 대답은 이용운의 지시대로 꺼낸 것이었다.

"거절합니다."

원래 박건이 예상했던 이용운의 대답.

그런데 이용운이 당연히 배동국의 부탁을 거절할 것이라고 예상했던 것이 빗나갔기 때문에 의외라고 생각한 것이었다.

"일단 애를 좀 태울 계획이다."

"……?"

"후배가 대답을 늦게 하면 할수록 배동국 CP는 애가 탈 수밖에 없으니까. 그리고 하나 더, 만약 후배가 그사이에도 계속 좋은 활약을 펼치면서 마이애미 말린스의 연승 행진이 이어진다면 배동국 CP의 가슴은 시커멓게 타들어갈 거다."

"일종의… 희망 고문인가요?"

"대충 비슷하다. 그리고 그게 내가 계획한 나름의 복수법이다."

'역시 뒤끝 있어.'

박건이 속으로 생각할 때, 이용운이 다시 입을 뗐다.

"그래서 후배가 해줘야 할 일이 있다."

"제가 할 일이 뭡니까?"

"시리즈 스윕을 거둬야 한다."

박건이 한숨을 내쉬었다.

마이애미 말린스와 뉴욕 메츠의 3연전.

트레이드를 단행한 후 양 팀이 펼치는 첫 번째 맞대결이었다.

그래서 메이저리그 팬들도 큰 관심을 갖고 있는 맞대결이었다.

괜히 '빅 이벤트'라고 표현했던 것이 아니었다.

만약 이용운의 바람처럼 이번 3연전에서 마이애미 말린스가 뉴욕 메츠에 시리즈 스윕을 거둔다면?

뉴욕 메츠 입장에서는 치명상을 입는 것이나 마찬가지였다.

그러나 문제는 뉴욕 메츠를 상대로 시리즈 스윕을 거두는 것이 결코 쉬운 일이 아니라는 점이었다.

　뉴욕 메츠의 톰 힉스 구단주와 미겔 카브레라 감독도 이번 3연전이 무척 중요하다는 사실을 잘 알고 있었다.

　미겔 카브레라 감독이 지난 경기에 대체 선발까지 투입하면서 마이애미 말린스와의 3연전 첫 경기에 팀의 1선발인 노아 신더가드를 출전시킨 것이 이번 3연전을 얼마나 중요하게 생각하고 있는지를 알려주는 증거였다.

　반면 마이애미 말린스가 내세우는 뉴욕 메츠와의 3연전 1차전 선발투수는 트레비스 리차즈였다.

　1차전 : 노아 신더가드 VS 트레비스 리차즈
　2차전 : 제이콥 디그롬 VS 닉슨 페레이라
　3차전 : 어빙 산타나 VS 샌디 알칸트라.

　이번 3연전의 예상 선발투수 매치업이었다.

　3차전을 제외한다면 뉴욕 메츠 쪽으로 선발투수의 무게 추가 확연히 기울어져 있는 상태였다.

　게다가 브라이언 모란과 잭 스튜어트가 합류한 불펜진도 뉴욕 메츠가 마이애미 말린스에 비해 훨씬 뎁스가 깊었다.

　이것이 박건이 뉴욕 메츠를 상대로 마이애미 말린스가 스윕을 거두는 것이 어렵다고 판단한 이유.

　"가능할까요?"

해서 박건이 회의적인 반응을 드러낸 순간, 이용운이 대답했다.

"쉽지 않다. 아니, 어렵다. 그렇지만 이번 3연전에는 두 가지 변수가 있다."

"그 변수들이 대체 뭡니까?"

박건의 질문에 이용운이 대답했다.

"복수심, 그리고 절박함이 변수다."

*   *   *

마이애미 말린스와 뉴욕 메츠의 3연전 1차전.

박건이 더그아웃에서 시티 필드를 둘러보았다.

불과 얼마 전까지만 해도 박건의 홈구장이었던 시티 필드는 이제 원정구장으로 바뀌어 있었다.

관중들이 가득 들어차 있는 시티 필드를 둘러보던 박건이 떠올린 것은 야유성이었다.

'결국 야유를 환호성으로 바꾸지 못하고 팀을 떠났지.'

그로 인해 박건이 못내 아쉬움을 느끼고 있을 때였다.

슈아악.

마운드에 서 있던 노아 신더가드가 오늘 경기 첫 번째 공을 던졌다.

"스트라이크."

바깥쪽 낮은 코스로 제구된 노아 신더가드의 직구에 주심이 스트라이크를 선언했다.

'97마일.'

박건이 전광판을 보며 노아 신더가드가 던진 직구의 구속을 확인했을 때, 노아 신더가드가 2구째 공을 던졌다.

슈악.

"스트라이크."

노아 신더가드가 던진 2구째 슬라이더는 몸쪽 낮은 코스의 스트라이크존을 통과했다.

'제구가 잘된다.'

바깥쪽과 몸쪽 스트라이크존 구석으로 파고든 두 개의 공을 지켜본 박건이 내심 감탄했을 때, 이용운이 불쑥 말했다.

"수비를 못 믿는다."

"그게 무슨 말씀이십니까?"

박건이 황당한 표정을 지었다.

노아 신더가드는 이제 겨우 공 두 개를 던졌을 뿐이었다.

또, 마이애미 말린스의 리드오프인 브라이언 마일스는 타석에서 스윙을 하지 않고 공 두 개를 그냥 지켜보기만 했다.

아직 공격을 시작하지도 않은 시점인데 노아 신더가드가 수비들을 믿지 못하고 있다는 이용운의 주장을 수긍하기 힘들었다.

"그동안 많이 당했거든."

그때 이용운이 덧붙였다.

그 이야기를 들은 박건이 이번에는 수긍했다.

노아 신더가드의 올 시즌 성적은 5승 6패.

승리보다 패배가 더 많은 노아 신더가드의 올 시즌 성적은 뉴욕 메츠의 1선발에 어울리는 성적은 분명히 아니었다.

그렇지만 반전은 노아 신더가드의 올 시즌 평균 자책점이 2.42에 불과하다는 것이었다.

현재 내셔널리그 평균자책점 순위 2위.

즉, 노아 신더가드는 뉴욕 메츠의 1선발에 어울리는 훌륭한 투구를 매 경기 하고 있었다.

그럼에도 불구하고 올 시즌에 거둔 승 수보다 패 수가 더 많은 이유는 수비의 도움을 받지 못했기 때문이었다.

"우리 팀의 수비는 형편없다. 이렇게 머릿속에 한번 박힌 생각은 쉽게 빠지지 않는 법이다. 그래서 노아 신더가드는 경기 초반부터 각별히 제구에 신경을 쓰고 있는 것이다."

'정말 그런 건가?'

박건의 생각이 살짝 바뀌었을 때였다.

슈악.

노아 신더가드가 브라이언 마일스를 상대로 3구째 공을 던졌다.

바깥쪽 슬라이더.

그리고 이번에는 브라이언 마일스가 배트를 휘둘렀다.

딱.

배트 끝부분에 걸린 내야땅볼.

그렇지만 타구의 코스가 좋았다.

뉴욕 메츠 유격수인 아사메드 로사리오가 3루 쪽으로 치우친 타구를 잡아내서 역동작으로 송구했다.

쉬익.

아사메드 로사리오의 송구는 앞으로 내밀고 있던 1루수의 글러브에 정확히 도착했다.

"세이프."

하지만 발 빠른 타자주자 브라이언 마일스를 1루에서 아웃시키기에는 역부족이었다.

"Fuck!"

그때, 1루 승부의 결과를 확인한 노아 신더가드가 글러브로 자신의 입을 가린 채 욕설을 내뱉었다.

'왜 화를 내는 거지?'

그 모습을 확인한 박건이 고개를 갸웃했다.

비록 타자주자인 브라이언 마일스를 1루에서 잡아내는 데 실패했지만, 유격수 아사메드 로사리오의 수비 과정에서 특별한 문제는 없었다.

포구부터 송구까지 깔끔했던 편이었다.

다만 타구의 코스가 워낙 깊었고, 타자주자인 브라이언 마일스의 발이 워낙 빠른 편이기에 1루에서 세이프가 선언됐던 것이었다.

"과민 반응이지."

이용운이 꺼낸 말을 들은 박건이 수긍했다.

지금 노아 신더가드과 보이고 있는 반응이 너무 과하단 생각이 들어서였다.

그때, 이용운이 덧붙였다.

"아까도 말했듯이 그동안 당한 게 많기 때문에 저렇게 과민 반응을 보이는 것이다. 그리고 마이애미 말린스는 이 부분을 공략해야 한다."

                    *   *   *

무사 1루 상황에서 타석에는 2번 타자 피터 알론소가 들어서 있었다.

슈아악.

"스트라이크."

노아 신더가드가 던진 초구 직구가 바깥쪽 낮은 코스의 스트라이크존을 통과하는 것을 지켜보던 박건이 감탄했다.

브라이언 마일스가 내야안타로 1루에 출루했을 당시, 노아 신더가드는 과민 반응이란 표현이 어울릴 정도로 무척 흥분한 상태였다.

그렇지만 그는 언제 흥분했냐는 듯 금세 침착함을 되찾았다.

피터 알론소를 상대로 바깥쪽 꽉 찬 코스로 파고드는 직구의 제구를 했다는 것이 그가 흥분을 가라앉혔다는 증거였다.

슈아악.

"스트라이크."

피터 알론소를 상대로 2구로 던진 몸쪽 직구 역시 제구가 완벽에 가까웠다.

'괜히 에이스가 아니네.'

박건이 재차 감탄하며 이어지는 승부를 지켜보았다.

슈악.

노아 신더가드가 선택한 3구는 바깥쪽 슬라이더.

낮은 코스의 스트라이크존을 통과할 것처럼 보이다가 마지막 순간 스트라이크존 바깥으로 휘어져 나가는 슬라이더의 각은 무척 예리했다.

부우웅.

'당했다.'

피터 알론소의 배트가 딸려 나가는 것을 확인한 박건이 아쉬움을 참지 못하고 눈살을 찌푸렸을 때였다.

틱.

예상치 못한 상황이 발생했다.

홈플레이트 근처에서 바깥쪽으로 휘어져 나가며 원바운드를 일으킨 노아 신더가드의 슬라이더를 포수가 제대로 포구하는 데 실패한 것이었다.

'스트라이크 낫아웃.'

포수의 미트 끝부분을 맞고 공이 튕기는 것을 확인한 피터 알론소가 배트를 내던지고 1루로 전력 질주 하기 시작했다.

타다닷.

'달려라.'

박건이 전력 질주 하고 있는 피터 알론소를 응원하며 포수인 후안 레이예스의 상황을 살폈다.

포구에 실패한 순간 벌떡 일어난 후안 레이예스의 후속 동작은 빨랐다.

옆으로 튕긴 공을 쫓아가서 포구한 후, 1루로 송구했다.

"세이프."

그러나 1루심은 피터 알론소의 발이 베이스에 닿는 것이 송구가 도착하는 것보다 빨랐다고 판단했다. 그리고 상황은 아직 끝난 것이 아니었다.

타다다닷.

1루 주자였던 브라이언 마일스가 후안 레이예스가 1루로 송구하는 틈을 타서 3루를 노렸기 때문이었다.

쉬익.

1루수가 3루로 던진 송구는 강하고 정확했다.

'결과는?'

"세이프."

헤드퍼스트슬라이딩을 감행한 브라이언 마일스의 오른손이

베이스에 닿은 것이 태그보다 빨랐다고 판단한 3루심이 세이프를 선언했다.

절레절레.

지금의 상황이 마음에 들지 않기 때문일까.

노아 신더가드가 표정을 찌푸린 채 고개를 내저었다.

그 모습을 지켜보던 박건이 박수를 쳤다.

'브라이언 마일스의 과감한 주루플레이가 이런 결과를 만들어냈어.'

조금 전 스트라이크 낫아웃 상황.

포수인 후안 레이예스가 포구에 실패하기는 했지만, 공이 옆으로 멀리 튕겨 나갔던 것은 아니었다.

또, 후안 레이예스의 후속 동작은 흠잡을 곳을 찾기 힘들 정도로 빨랐다.

정상적이었다면 1루에서 아웃 타이밍.

그럼에도 불구하고 전력 질주 했던 피터 알론소가 1루에서 살 수 있었던 이유는 송구 동작에 돌입했던 후안 레이예스가 도중에 잠시 멈칫거렸기 때문이었다. 그리고 후안 레이예스가 지체 없이 1루로 송구하지 못하고 한 차례 멈칫거렸던 이유는 브라이언 마일스 때문이었다.

2루에 거의 도착해 있던 1루 주자 브라이언 마일스가 속도를 줄이지 않는 것을 확인하고 신경이 쓰였기 때문에 후안 레이예스는 멈칫거렸고, 그 찰나의 머뭇거림이 무사 1루의 상황이 무사 1, 3루로 바뀌게 되는 결과를 초래한 것이었다.

무사 1, 3루의 득점 찬스에서 타석에 들어선 것은 폴 바셋이었다.

슈아악.

노아 신더가드가 폴 바셋을 상대로 던진 초구는 바깥쪽 직구.

"볼."

스트라이크존을 크게 벗어나는 바깥쪽 낮은 코스의 직구를 확인한 박건이 두 눈을 빛냈다.

'흔들린다.'

마이애미 말린스의 테이블세터진을 상대할 당시, 면도날처럼 날카롭던 제구를 선보였던 노아 신더가드였는데.

슈아악.

"볼."

3번 타자인 폴 바셋을 상대로는 달랐다.

두 개의 직구가 모두 스트라이크존을 크게 벗어나면서 노 볼 2스트라이크의 불리한 볼카운트에 몰렸다.

이어진 3구째.

슈악.

노아 신더가드는 슬라이더를 선택했다.

폴 바셋은 움찔했지만, 배트를 내밀지 않았다.

"볼."

슬라이더 역시 볼로 선언되며 3볼 노 스트라이크로 몰리자, 노아 신더가드가 모자를 벗었다가 다시 눌러썼다.

후우.

심기일전하기 위해서 크게 숨을 내쉰 노아 신더가드가 4구째 공을 던졌다.

슈아악.

스트라이크를 넣기 위해서 던진 직구는 가운데로 몰렸다.

따악.

그리고 폴 바셋은 공 하나를 기다리는 대신 과감하게 배트를 휘둘렀다.

2루수의 키를 훌쩍 넘긴 타구는 우익수 앞에 떨어졌다.

타다닷.

그사이, 3루 주자 브라이언 마일스가 여유 있게 홈으로 파고들며 마이애미 말린스는 선취점을 올렸다.

타다닷.

1루 주자 피터 알론소가 3루에 안착하면서 무사 1, 3루의 찬스가 계속 이어지는 가운데 박건이 타석에 들어섰다.

'직구!'

타석에서 노아 신더가드를 노려보던 박건이 배트를 고쳐 쥐었다.

노아 신더가드의 제구가 흔들리고 있는 상황.

그렇지만 박건은 타석에서 기다릴 생각이 없었다. 그리고 박건이 직구를 예상한 이유는 노아 신더가드가 자신과의 승부에 오롯이 집중하지 못하고 있어서였다.

쐐액.

노아 신더가드는 박건을 상대로 초구를 던지는 대신, 1루로 견제구를 던졌다.

"세이프."

1루수에게서 공을 돌려받은 노아 신더가드는 한 번 더 1루로 견제구를 던지는 선택을 내렸다.

쐐액.

"세이프."

노아 신더가드가 잇따라 견제구를 던졌음에도 1루 주자 폴 바셋은 리드 폭을 줄이지 않았다.

오히려 리드 폭을 더욱 늘렸다.

'직구를 던질 확률이 높아.'

1루 주자 폴 바셋도 발이 빠른 만큼 도루를 시도할 가능성이 존재했다.

게다가 3루 주자인 피터 알론소도 발이 빠른 편이었다.

그만큼 도루 성공 가능성이 높은 상황.

그 사실을 잘 알고 있기에 노아 신더가드는 1루 주자인 폴 바셋에게 신경을 많이 쓰고 있었다. 그리고 이것이 박건이 노아 신더가드가 유인구를 던지기 어렵다고 판단한 이유였다.

슈아악.

그런 박건의 예상은 틀리지 않았다.

노아 신더가드가 선택한 초구는 바깥쪽 직구.

바깥쪽 낮은 코스의 스트라이크존을 통과하는 제구가 잘된 직구를 박건이 힘들이지 않고 밀어 쳤다.

따악.

정확한 타이밍에 배트 중심에 걸린 타구는 1루수의 키를 훌쩍 넘기고 라인 선상 안쪽에 떨어졌다.

2타점 적시 2루타.

박건이 여유 있게 2루에 도착하는 사이, 3루 주자였던 피터 알론소와 1루 주자였던 폴 바셋이 모두 홈으로 들어왔다.

3—0.

마이애미 말린스는 경기 초반 석 점의 리드를 얻어냈다.

2타점 적시 2루타를 때려내고 2루 베이스 위에 올라선 박건이 뉴욕 메츠 더그아웃 쪽으로 시선을 던졌다.

경기 초반 상황이 영 마음에 들지 않는 걸까?

인상을 팍 구기고 있는 미겔 카브레라 감독의 모습이 보였다.

제9장

3—2.

뉴욕 메츠는 순순히 물러나지 않았다.

트레비스 리차즈를 공략해서 4회에 2점을 뽑아내며 한 점 차로 추격했다.

7회 초 마이애미 말린스의 공격은 9번 타순부터 시작됐다.

'대타자를 기용하지 않을까?'

박건의 예상은 빗나갔다.

조 매팅리 감독은 대타자를 기용하지 않고 선발투수였던 트레비스 리차즈를 타석에 내보냈다.

'7회 말까지 맡길 계산이구나.'

잭 스튜어트와 브라이언 모란의 이탈로 인해 허약해진 불펜 진을 감안한 조 매팅리 감독의 의중은 충분히 이해할 수 있었다.

그럼에도 불구하고 박건은 아쉬움을 느꼈다.

한 점 차의 박빙 승부가 이어지고 있는 중에 경기가 후반부로 접어든 상황.

지금이 승부처라고 할 수 있었다.

그런데 투수 타석에 대타자를 기용하지 못하는 것은 분명히 아쉬운 점이었다.

슈악.

"스트라이크아웃."

그리고 반전은 없었다.

7회 초의 선두타자로 타석에 들어섰던 트레비스 리차즈는 삼구삼진으로 물러났다.

1사 주자 없는 상황에서 타석에는 브라이언 마일스가 들어섰다. 그리고 브라이언 마일스의 선택은 기습번트였다.

슈악.

틱.

노아 신더가드가 초구로 던진 슬라이더에 배트를 갖다 댔다. 그러나 브라이언 마일스의 번트 타구는 살짝 떠올랐다.

'역시 번트에 능숙하지 못해.'

허공에 떠오른 타구를 확인한 박건이 기습번트 작전이 실패로 돌아갔다고 판단한 순간이었다.

애매하게 떠오른 타구를 처리하기 위해서 포수와 3루수, 투수가 동시에 모여들었다.

툭.

그렇지만 타구의 낙구 지점이 애매했다.

3루수가 슬라이딩캐치를 시도하며 쭉 내민 글러브는 낙구 지점에 조금 미치지 못했다.

그사이 브라이언 마일스는 여유 있게 1루 베이스를 통과했다.

"운이 따랐어."

박건의 말이 끝나기 무섭게 이용운이 말을 받았다.

"거기에 수비 실책도 겹쳤지."

'운이 따랐다기보단 수비 실책이라고 보는 게 더 맞아.'

박건이 이용운의 의견에 수긍했다.

조금 전 브라이언 마일스의 번트 타구는 꽤 높이 솟구쳤다.

만약 3루수가 전력 질주 해서 지체 없이 슬라이딩캐치를 시도했다면, 충분히 노바운드로 처리할 수 있었을 번트 타구였다.

그럼에도 불구하고 번트 타구 처리에 실패한 이유는 뉴욕 메츠의 포수와 3루수 사이에 콜플레이가 제대로 이뤄지지 않았기 때문이었다.

번트 타구를 처리하기 위해 달려오는 포수를 확인한 3루수는 잠시 멈칫거렸고, 그로 인해 슬라이딩캐치에 실패했던 것이었다.

1사 1루 상황에서 타석에는 2번 타자 피터 알론소가 들어섰다.

'내가 타석에 설 기회가 찾아올까?'

박건이 초조한 표정으로 노아 신더가드와 피터 알론소의 대결을 지켜보고 있을 때였다.

슈아악.

노아 신더가드가 초구를 던졌다.

'바깥쪽 직구!'

그리고 노아 신더가드의 손에서 공이 떠난 순간, 1루 주자 브라이언 마일스가 스타트를 끊었다.

딱.

피터 알론소는 노아 신더가드의 초구를 공략했다.

바깥쪽 낮은 코스의 스트라이크존을 통과하는 노아 신더가드의 직구를 잡아당긴 피터 알론소의 타구는 2루 방면으로 굴러갔다.

'병살은 면했다.'

원래였다면 병살 코스.

그렇지만 도루를 시도한 브라이언 마일스가 빠르게 스타트를 끊었기 때문에 병살은 면했다고 판단했던 박건이 두 눈을 빛냈다.

1. 2루 간이 넓어져 있다는 사실을 뒤늦게 알아챘기 때문이었다.

'브라이언 마일스가 도루를 시도했기 때문에 2루수가 2루 베이스 쪽으로 움직였어. 그래서 1, 2루 간이 넓어진 거야.'

뉴욕 메츠의 2루수가 급히 멈춰 섰다. 그리고 타구를 처리하기 위해서 서둘렀지만 역부족이었다.

역동작에 걸린 2루수가 막아내기에는 피터 알론소의 타구가 너무 빨랐다.

'일부러 당겨 쳤어. 약속된 플레이.'

기시감이 느껴지는 장면.

지난번과 마찬가지로 브라이언 마일스와 피터 알론소 사이에 미리 약속된 플레이 패턴이었기 때문이었다.

1사 1, 3루로 상황이 바뀐 순간, 미겔 카브레라 감독이 더그아웃을 박차고 나와 마운드를 방문했다.

잇따른 실책성 수비에 흥분한 노아 신더가드를 진정시키기 위한 마운드 방문.

'과연 몇 마디 말로 진정시킬 수 있을까?'

대기타석에 들어선 박건이 회의적인 시선을 던지는 사이, 미겔 카브레라 감독이 다시 더그아웃으로 돌아갔다.

'노아 신더가드는 흥분을 가라앉히는 데 성공했을까?'

박건이 호기심 섞인 시선을 던지고 있을 때, 노아 신더가드가 투구 동작에 돌입했다.

그 순간, 예상치 못한 변수가 발생했다.

타다닷.

슈악.

노아 신더가드의 손에서 공이 떠난 순간, 1루 주자인 피터 알론소가 스타트를 끊으며 도루를 시도했다.

팟.

포구에 성공한 뉴욕 메츠의 포수 후안 레이예스가 벌떡 일어났다. 그렇지만 그는 2루로 송구하지 않았다

아니, 브라이언 마일스가 홈으로 파고들 것을 의식해서 2루로 송구하지 못했다고 표현하는 편이 더 옳았다.

피터 알론소의 도루 시도가 성공하며 1사 2, 3루로 상황이 바뀌었다.

이제 병살플레이가 나오면서 이닝이 종료될 가능성은 무척 희박해진 상황.

피터 알론소의 과감한 도루 시도 덕분에 이번 이닝에 박건이 타석에 들어서는 것이 거의 확실해진 셈이었다.

'이것도… 의도된 거야.'

2루 베이스 위에 올라선 채 가쁜 숨을 몰아쉬고 있는 피터 알론소를 바라보던 박건이 지그시 입술을 깨물었다.

'내가 타석에 들어섰을 때 주자를 모으기 위해서 필사적으로 계산을 하고 실행에 옮긴 거야.'

박건의 생각이 거기까지 미쳤을 때였다.

슈악.

"볼."

슈악.

"볼."

슈악.

"볼."

폴 바셋을 상대하던 노아 신더가드는 잇따라 세 개의 볼을 던졌다.

"볼넷."

폴 바셋이 스트레이트볼넷을 얻어내며 1사 만루로 상황이 변했다.

타석을 향해 걸어가던 박건이 노아 신더가드를 노려보며 고개를 갸웃했다.

'일부러 채웠다?'

＊　　　＊　　　＊

고의사구는 아니었다.

그렇지만 박건은 노아 신더가드가 폴 바셋과의 승부를 피하고 일부러 1루를 채웠다는 의심을 지우지 못했다.

그리고 박건이 의심을 품은 이유는 1볼 노 스트라이크에서 노아 신더가드가 던진 세 개의 공 모두 스트라이크존을 크게 벗어났기 때문이었다.

주자가 2루와 3루에 있기 때문에 폴 바셋을 상대로 어렵고 신중하게 승부하다가 볼넷을 허용했다고 판단하기에는 노아 신더가드가 던진 공들과 스트라이크존과의 거리가 너무 멀었다.

'그 정도로 제구가 형편없지는 않아.'

메이저리그 최정상급 투수 중 한 명인 노아 신더가드의 제구는 수준급이었다.

갑자기 이렇게 제구가 크게 흔들릴 가능성은 희박했다.

'그럼 대체 왜 1루를 채운 거지?'

박건의 최근 타격감이 절정이라는 사실을 노아 신더가드도 모를 리 없었다.

그 사실을 알고 있음에도 불구하고, 폴 바셋과의 승부를 피하고 만루 상황에서 자신을 택한 데는 어떤 이유가 있을 것이란 생각이 들었다.

'그 이유가 대체 뭐지?'

박건의 머릿속이 복잡하게 변했을 때였다.

"오늘 경기의 승패, 후배에게 달렸다."

이용운이 말했다.

"저도 압니다."

지금이 오늘 경기의 승부처.

자신의 역할이 중요하단 것쯤은 박건도 알고 있었다.

해서 박건이 알고 있다고 대답했지만, 이용운은 만족한 기색이 아니었다.

"왜 후배에게 오늘 경기의 승패 여부가 달렸냐면……"

"약점을 지울 수 있기 때문이죠."

"……?"

"또 상대 팀의 강점이 발현되지 않도록 막을 수 있기 때문이죠."

* * *

"즉, 지금 추가점을 올려야만 마이애미 말린스의 약점을 지울 수 있고, 뉴욕 메츠의 강점이 발현되는 것을 막을 수 있죠."

'알고… 있다?'

이용운이 두 눈을 치켜떴다.

지금 박건의 타석이 중요한 이유는 승부가 박빙이었기 때문이었다.

3—2.

마이애미 말린스가 뉴욕 메츠를 상대로 한 점 차의 리드를 안고 있었지만, 불안하기 짝이 없는 리드였다.

그 이유는 불펜진의 뎁스 차이가 컸기 때문이었다.

트레이드 단행 후 마이애미 말린스는 파죽의 8연승을 달리고 있었지만, 불안 요소는 여럿 존재했다.

그중 가장 두드러지는 불안 요소는 필승조의 부재였다.

기존 필승조였던 잭 스튜어트와 브라이언 모란이 전력에서 이탈한 후, 마이애미 말린스는 아직 대체 자원을 구하지 못한 상태였다.

경기가 후반부로 접어든 시점.

마이애미 말린스의 불펜진은 한 점의 리드를 지켜내지 못할 가능성이 높았다.

반면 뉴욕 메츠의 강점은 뚜렷했다.

이번 트레이드를 통해서 잭 스튜어트와 브라이언 모란을 영입했기 때문에 불펜진의 뎁스가 깊어졌다.

타선이 점수를 뽑아내서 역전 내지 동점을 만든다면, 미겔 카브레라 감독은 망설임 없이 필승조를 마운드에 올릴 터.

그때는 마이애미 말린스가 경기를 재역전할 수 있는 가능성이 희박했다.

'만약 이번 타석에 박건이 적시타를 때려낸다면?'

루상에 주자가 꽉 들어차 있는 상황인 만큼, 최소 2득점 이상을 올릴 수 있었다. 그래서 5-2로 스코어 차가 벌어진다면 경기의 양상은 확 달라졌다.

마이애미 말린스 불펜진의 뎁스가 얕긴 하지만, 경기 후반 1점 차가 아닌 3점 차의 리드는 지켜낼 확률이 높았다. 그리고 역전 내지 동점을 만들지 못한다면, 뉴욕 메츠의 미겔 카브레라 감독은 잭 스튜어트와 브라이언 모란으로 이루어진 필승조를 마운드에 올려볼 기회도 얻지 못한다.

쉽게 말해 지금 시점에 박건의 적시타가 나와서 추가점을 올릴 수 있다면, 마이애미 말린스는 불펜진 뎁스가 얕다는 약점을 지울 수 있었다.

반면 뉴욕 메츠는 불펜진 뎁스가 깊다는 장점을 활용할 수 없었고.

'어떻게 알았지?'

이용운이 박건에게 새삼스런 시선을 던졌다.

지금껏 곁에서 지켜보았던 박건.

처음 영혼의 파트너가 됐을 때와 비교하면 상전벽해(桑田碧海)라는 사자성어가 어울릴 정도로 박건은 많이 변했다.

그중에서도 가장 큰 변화는 아무 생각 없이 야구를 하지 않고 이제는 생각을 하면서 야구를 한다는 점이었다.

하지만 경기의 판세를 정확히 읽거나 큰 그림을 보는 것까지는 역부족이라고 판단했는데.

방금 그 생각이 바뀌었다.

박건은 정확히 경기의 판세를 읽어내고 있었다.

'언제 이렇게 성장했지?'

박건의 변한 모습이 대견하게 느껴졌다. 그러나 한편으로는 너무 빠른 성장에 서운한 감정이 들기도 했다.

이별의 순간이 점점 가까이 다가오는 것처럼 느껴졌기 때문이었다.

그런 이용운이 두 눈을 빛냈다.

박건의 표정이 무척 심각했기 때문이었다.

'승부에 제대로 집중하지 못한다?'

박건이 오롯이 노아 신더가드와의 승부에 집중하지 못하고 있다는 사실을 뒤늦게 알아챈 이용운이 서둘러 입을 뗐다.

"잊어버려라."

"뭘 잊어버리란 말입니까?"

"지난 두 타석 말이다."

오늘 경기 첫 타석에서 박건은 2타점 적시 2루타를 터뜨렸다. 그렇지만 두 번째 타석과 세 번째 타석에서 노아 신더가드와 승부한 결과는 좋지 않았다.

두 번째 타석에서는 삼진, 세 번째 타석에서는 유격수 라인 드라이브 아웃으로 물러났다.

특히 세 번째 타석에서의 결과가 아쉬웠다.

배트 중심에 걸렸던 타구의 코스가 하필 유격수 정면으로 향하는 바람에 안타가 되지 못했기 때문이었다.

박건이 타석에서 집중하지 못하고 있는 이유가 삼진과 범타로 물러났던 지난 두 타석에 대한 미련 때문이라고 이용운은 판단했다.

해서 이용운이 충고했지만, 박건에게서는 대답이 돌아오지 않았다.

대신 박건은 노아 신더가드를 주시하고 있었다.

'뭘 보는 거지?'

박건의 반응에 이용운이 의문을 품은 채 노아 신더가드 쪽으로 시선을 던졌다.

그런 이용운의 눈에 노아 신더가드가 내야 수비수들을 마운드로 불러 모아 대화를 나누는 모습이 들어왔다.

'무슨 얘길 하는 거지?'

이용운이 호기심을 느꼈을 때, 박건이 노아 신더가드에게서 시선을 떼지 않은 채 입을 뗐다.

"이제 알겠습니다."

"뭘 알겠단 것이냐?"

"노아 신더가드가 폴 바셋이 아니라 저와 승부하기로 결심한 이유 말입니다."

*　　　*　　　*

"잊어버려라. 지난 두 타석 말이다."

이용운이 건넸던 충고를 박건은 한 귀로 듣고 한 귀로 흘렸다.

이용운이 이런 충고를 건넨 이유.

박건이 삼진과 범타로 물러났던 지난 두 타석에 미련과 아쉬움이 남아서 타석에서 집중하지 못한다고 판단했기 때문이리라.

그렇지만 이용운은 원인을 한참 잘못 짚었다.

박건이 타석에서 오롯이 집중하지 못하는 이유는 지난 두 타석에 대한 미련과 아쉬움 때문이 아니었다.

노아 신더가드가 폴 바셋을 사사구로 거르고 자신과 승부를 택한 이유를 아직 파악하지 못해서였다.

그때 노아 신더가드가 타임을 요청하고 내야수들을 마운드로 불러 모았다.

'왜 갑자가 내야수들을 불러 모은 걸까?'

흔히 볼 수 없는 장면이었다. 그래서 두 눈을 가늘게 좁혔던 박건의 머릿속으로 또 하나의 의문이 깃들었다.

'왜 투 피치지?'

노아 신더가드는 포 피치 유형의 투수였다.

직구, 슬라이더, 싱커, 커브를 구사할 수 있었다.

그렇지만 오늘 경기에서 노아 신더가드는 직구와 슬라이더, 두 가지 구종만 구사하고 있었다.

물론 포 피치였지만, 노아 신더가드의 커브 구사 비율은 극히 낮은 편이었다.

그러니 오늘 경기에서 커브를 구사하지 않은 것은 이상한 일이 아니었다.

하지만 싱커는 달랐다.

—직구 구사 비율: 47%

—슬라이더 구사 비율: 27%

—싱커 구사 비율: 22%

—커브 구사 비율: 4%

　전력 분석 팀에서 건넸던 자료에 따르면 노아 신더가드의 싱커 구사 비율은 22%였다.

　27%의 구사 비율을 보이는 슬라이더와 거의 엇비슷한 수치.

　하지만 오늘 경기에서 노아 신더가드는 경기가 후반부로 접어들 때까지 단 하나의 싱커도 구사하지 않고 있었다.

　'싱커를 구사하지 않는 이유가 뭘까?'

　박건은 곧 의문에 대한 답을 찾아냈다.

　'수비를 믿지 못해서야.'

　싱커를 던져서 내야땅볼을 유도해 아웃카운트를 잡아내는 것.

　노아 신더가드의 장점 중 하나였다.

　그러나 오늘 경기에서 뉴욕 메츠 내야진은 경기 초반부터 여러 차례 실책성 수비를 펼쳤다.

　가뜩이나 내야 수비진에 대한 불신을 갖고 있던 노아 신더가드는 그 실책성 수비들로 인해 더욱 내야 수비진에 대한 믿음이 사라졌으리라.

　그래서 내야땅볼을 유도할 수 있는 무기인 싱커를 배제하고 직구와 슬라이더만 구사한 것이었다.

한 가지 의문이 풀린 순간, 박건이 다시 마운드 쪽으로 시선을 던졌다.

여전히 마운드 위에는 노아 신더가드와 뉴욕 메츠 내야수들이 모여 있었다.

아까와 같은 장면.

그러나 이 의문이 풀린 순간, 다른 것이 보이기 시작했다.

'대비하는 거야.'

7회 초 1사 만루라는 절체절명의 위기에 처한 현재가 승부처라고 판단한 노아 신더가드는 내야수들에게 집중력을 발휘해 달라고 부탁하는 것이었다.

'그게… 다가 아닌가?'

잠시 후, 박건의 시선이 1루 쪽으로 향했다.

1루 베이스 위에 올라서 있는 폴 바셋의 모습을 확인한 순간, 박건은 비로소 아까 고민에 대한 답을 찾아내는 데 성공했다.

'더블플레이를 노리는 거야.'

1루가 비어 있는 상황에서는 병살플레이를 유도해 내는 것이 어려웠다. 그래서 노아 신더가드는 폴 바셋을 사사구로 내보내 1루를 채웠다.

자신을 상대로 더블플레이를 유도해 내기 위함이었다.

'내야땅볼.'

그런 노아 신더가드의 노림수.

자신에게서 내야땅볼을 유도해 내는 것이었다.

'그래서 내야수들을 불러 모은 거야.'

지금 박건을 상대로 싱커를 던져서 내야땅볼을 유도해 낼 것이다.

이번에는 절대 실책을 범해서는 안 된다.

노아 신더가드는 이런 예고와 경고를 하기 위해서 자신과의 승부를 앞두고 내야수들을 마운드 위로 불러 모은 것이었다.

'하나 더.'

노아 신더가드가 오늘 경기에서 줄곧 직구와 슬라이더만 구사한 이유도 여기에 있다는 생각이 퍼뜩 들었다.

'결정적인 승부처에서 싱커를 사용하기 위해서 지금까지 아낀 거야.'

그 결정적인 승부처는 바로 지금.

'비로소 모든 의문이 풀렸다.'

아까까지 자신을 괴롭히고 있던 여러 의문들이 모두 풀린 순간, 박건의 입가로 미소가 번졌다.

'싱커다.'

박건이 확신을 가진 순간, 마운드 위에 모여 있던 내야수들이 모두 원래 수비위치로 흩어졌다. 그리고 노아 신더가드는 로진백을 만진 후, 신중하게 투구 모션에 돌입했다.

슈악.

노아 신더가드의 손에서 공이 떠났다.

'싱커!'

아까 했던 수 싸움이 적중했음을 확인한 박건이 배트를 휘둘렀다.

따악.

정확한 타이밍에 배트 중심에 걸린 타구가 우중간으로 향했다.

타다닷.

'갈랐다!'

1루로 달려가며 타구의 궤적을 살피던 박건이 우중간을 반으로 갈랐다고 확신하며 1루 베이스를 통과했다. 그리고 2루로 내달리던 도중, 박건을 대신해서 타구를 살피던 이용운이 말했다.

"달리는 속도를 줄여도 된다."

'넘어갔구나.'

이용운의 이야기를 들은 박건이 주먹을 불끈 움켜쥐었다.

메이저리그 진출 후 첫 그랜드슬램이 터졌다.

7—2.

한 점의 리드가 다섯 점으로 늘어난 순간, 박건이 확신에 찬 목소리로 말했다.

"오늘 경기는 우리가 잡았다."

＊　　　　＊　　　　＊

최종 스코어 7—4.

양 팀의 3연전 1차전은 박건이 확신했던 대로 마이애미 말린스의 승리로 끝이 났다.

뉴욕 메츠는 7회와 8회에 각각 1점씩을 올리며 끝까지 추격 의지를 꺾지 않았지만, 승부를 뒤집기는 역부족이었다.

마이애미 말린스의 9연승이 확정된 순간, 박건이 가장 먼저 한 일은 뉴욕 메츠 더그아웃을 살핀 것이었다.

팀의 1선발인 노아 신더가드를 내고도 3연전 1차전에서 패한 것이 무척 쓰라린 걸까.

미겔 카브레라 감독의 표정은 잔뜩 일그러져 있었다.

'속이 시원하네.'

미겔 카브레라 감독의 표정을 일그러지게 만든 것에 만족했지만, 승리의 여운을 만끽할 시간은 길지 않았다.

아직 2차전과 3차전이 남아 있었기 때문이었다.

*   *   *

마이애미 말린스와 뉴욕 메츠의 3연전 2차전.

뉴욕 메츠의 2선발인 제이콥 디그롬은 노아 신더가드와 달랐다.

1회 초 수비를 삼자범퇴로 깔끔하게 처리하고 마운드를 내려갔다.

이어진 1회 말 뉴욕 메츠의 공격.

어제 경기의 패배로 인해 잔뜩 독이 올라 있는 뉴욕 메츠 타자들의 방망이는 매섭게 돌아갔다.

1번 타자 브랜든 니모부터 3번 타자 미구엘 콘포토까지.

세 타자 연속안타가 터지면서 뉴욕 메츠는 손쉽게 선취점을 올렸다.

이어진 무사 1, 2루의 득점 찬스에서 타석에 들어선 4번 타자 로빈슨 카노를 상대로 선발투수 닉슨 페레이라는 내야땅볼을 유도해 내는 데 성공했다.

유격수 앞으로 굴러가는 평범한 타구.

병살 코스였지만, 아쉽게도 마이애미 말린스는 병살플레이를 유도해 내는 데 실패했다.

뉴욕 메츠의 미겔 카브레라 감독이 런 앤 히트(Run and Hit) 작전을 펼쳤기 때문이었다.

"아웃."

유격수 폴 바셋은 포구한 후 1루로 송구해서 타자주자만 잡아냈다.

1사 2, 3루로 바뀐 상황에서 타석에 들어선 것은 5번 타자 윌슨 라모스였다.

'어렵게 승부해야 해.'

1루가 비어 있는 상황.

닉슨 페레이라는 윌슨 라모스를 상대로 신중하고 어렵게 승부를 가져가는 것이 맞았다.

하지만 박건의 바람과 달리 닉슨 페레이라는 너무 서둘렀다.

슈악.

카운트를 잡기 위해서 던진 초구 커브는 가운데로 몰린 데다가 높았다.

명백한 실투.

윌슨 라모스는 실투를 놓치지 않았다.

따악.

잔뜩 웅크리고 있던 윌슨 라모스의 배트가 힘껏 돌아갔다.

쭉쭉 뻗는 타구를 확인한 박건이 빙글 몸을 돌렸다. 그리고 타구를 쫓기 시작했지만 이내 멈춰 섰다.

"넘어갔다."

이용운이 홈런이라고 알려주었기 때문이었다. 그리고 굳이 이용운이 알려주지 않았더라도 박건 역시 맞는 순간 홈런임을 알 수 있었을 정도로 큰 타구였다.

0—4.

1회가 끝나기도 전에 스코어는 넉 점 차로 벌어졌다.

와아.

와아아.

뉴욕 메츠 홈 팬들의 환호성 소리를 들으며 박건이 한숨을 내쉬었다.

"진짜… 어렵게 됐네."

*   *   *

"오늘 경기는 쉽지 않을 것이다."

경기 시작 전, 그라운드에서 스트레칭을 하고 있을 때, 이용운이 조심스럽게 입을 뗐다.

"저도 알고 있습니다."

어제 경기까지 승리하면서 마이애미 말린스는 9연승 가도를 달리고 있었다.

팀 분위기는 분명 좋았지만, 연승에 가린 약점들은 여전히 해결되지 않고 그대로 남아 있었다.

게다가 3연전 2차전에서 맞대결을 펼치는 선발투수 맞대결에서도 무게 추가 한참 뉴욕 메츠로 기울었다.

올 시즌 처음으로 선발 로테이션에 합류한 닉슨 페레이라의 올 시즌 성적은 3승 6패.

노아 신더가드와 함께 뉴욕 메츠의 원투펀치를 이루고 있는 메이저리그 최정상급 투수 제이콥 디그롬과 비교하는 것은 구위와 성적, 경험 등등 모든 면에서 역부족이었다.

'우리 팀이 앞서는 게 뭐가 있을까?'

박건이 희망적인 요인을 찾던 도중 한숨을 내쉬었다.

필사적으로 떠올려 봐도 3연전 2차전을 앞두고 있는 마이애미 말린스가 뉴욕 메츠에 비해 앞서는 부분이 없었기 때문이었다.

결국 희망적인 요인을 찾는 데 실패한 박건이 질문했다.

"우리 팀이 앞서는 부분이… 대체 뭐가 있을까요?"

'선배님이라면 내가 찾지 못한 희망적인 요인을 찾아낼 수 있지 않을까?'

이런 기대를 품은 채 던진 질문이었는데.

박건의 기대는 빗나갔다.

"없다."

이용운은 마이애미 말린스에 희망적인 요인이 없다고 딱 잘라 말했다

'그럼 마이애미 말린스의 연승 행진은 이대로 멈추는 건가?'

박건의 표정이 어둡게 변했을 때, 이용운이 덧붙였다.

"선발투수인 닉슨 페레이라가 인생 투를 펼치길 기도해라."

*   *   *

박건의 기도는 통하지 않았다.

0—4.

마이애미 말린스의 선발투수인 닉슨 페레이라는 1회 말 수비에서 4점을 허용했다.

인생 투와는 한참 거리가 먼 피칭.

이것이 박건이 오늘 경기가 진짜 어렵게 됐다고 판단한 이유였다.

'뉴욕 메츠의 강점이 발현되는 것을 막을 기회조차 사라졌어.'

2차전 뉴욕 메츠의 선발투수는 제이콥 디그롬.

1회 초를 삼자범퇴로 가볍게 막아낸 제이콥 디그롬의 구위는 무척 뛰어났다.

그를 상대로 마이애미 말린스 타선이 넉 점 이상을 빼앗아내는 것은 결코 쉬운 일이 아니었다. 그리고 경기가 후반으로 접어들기 전에 마이애미 말린스가 역전을 해내지 못한다면, 뉴욕 메츠의 약점에서 강점으로 바뀐 필승조가 경기에 나설 터였다.

그래서일까.

1회 말 수비를 마치고 돌아온 마이애미 말린스의 더그아웃 분위기는 착 가라앉아 있었다.

2회 초 마이애미 말린스의 공격은 박건부터 시작이었다.

'너무 늦기 전에 한 점이라도 추격해야 한다.'

타석으로 걸어가던 박건이 각오를 다졌다.

일단은 경기 분위기를 반전시키는 것이 중요했고, 분위기를 반전시키기 위해서 필요한 것은 추격점을 올리는 것이었다.

'직구!'

타석에 들어선 박건이 대충 수 싸움을 했다.

1회 초에 세 타자를 상대하던 제이콥 디그롬이 직구 위주의 투구 패턴을 가져갔었기 때문이었다.

슈악.

그러나 박건의 수 싸움은 빗나갔다.

제이콥 디그롬이 선택한 초구는 커브였고, 박건은 그냥 지켜보았다.

"스트라이크."

노 볼 1스트라이크 상황에서 제이콥 디그롬이 2구를 구사했다. 그리고 박건은 이번에도 배트를 내밀지 못하고 그냥 지켜보기만 했다.

'직구.'

2구째에는 직구를 던질 거라 예상했는데.

제이콥 디그롬의 선택은 2구 역시 커브였다.

노 볼 2스트라이크.

불리한 볼카운트에 몰려 버린 박건이 배트를 고쳐 쥐었다.

'유인구!'

유리한 볼카운트를 선점한 제이콥 디그롬이 유인구를 구사할 거라고 판단한 채 박건이 잔뜩 웅크렸을 때였다.

슈아악.

박건의 예상은 이번에도 빗나갔다.

제이콥 디그롬은 유인구가 아닌 몸쪽 직구를 구사했다.

'빠른 승부.'

허를 찌른 빠른 승부에 당황하며 박건이 배트를 휘둘렀다.

딱.

그러나 99마일의 구속을 기록한 직구 스피드에 배트가 밀렸다.

높이 솟구친 타구를 2루수가 잡아내며 박건은 첫 타석에서 범타로 물러났다.

'운이 좋았어.'

더그아웃으로 돌아오던 박건이 떠올린 생각이었다.

삼구삼진을 당하지 않았던 것이 운이 좋았다고 느껴질 정도로 제이콥 디그롬의 구위와 제구가 뛰어났기 때문이었다.

'어떤 돌파구를 찾을 수 있을까?'

박건이 답답함을 느끼고 한숨을 내쉬었을 때였다.

와아.

와아아.

뉴욕 메츠 홈 팬들이 환호성을 질렀다.

그 환호성이 들려온 순간, 박건이 쓴웃음을 머금었다.

뉴욕 메츠 소속 선수일 당시 박건은 홈 팬들의 환호성을 들은 적이 없었다.

환호성 대신 야유를 받았었다.

그런데 뉴욕 메츠 소속 선수가 아니라 마이애미 말린스 소속 선수가 된 후에야 뉴욕 메츠 홈 팬들에게서 환호성을 듣게 된 셈이었다.

'이걸… 좋아해야 해?'

박건이 난감한 기색을 짓고 있을 때, 이용운이 불쑥 말했다.

"꼭 후배를 동정하는 것처럼 느껴지는군."

제10장

0—4.

넉점 차가 유지된 채 경기는 4회로 접어들었다.

4회 말 뉴욕 메츠의 공격.

불행 중 다행인 점은 선발투수 닉슨 페레이라가 추가 실점을 허용하지 않고 마운드에서 버티고 있다는 점이었다.

그러나 닉슨 페레이라는 4회 말 수비에서 다시 위기에 처했다.

4회 말의 첫 타자인 6번 타자 제프 맥나일은 닉슨 페레이라의 4구째 슬라이더를 공략해서 펜스를 직격하는 2루타를 때려냈다.

우중간 펜스 상단을 때리고 튕겨 나온 제프 맥나일의 타구를 확인한 순간, 박건이 안도의 한숨을 내쉬었다.

'만약 제프 맥나일이 때린 타구가 조금만 더 뻗어서 솔로홈런이 됐다면?'

마이애미 말린스가 오늘 경기를 역전해서 승리할 가능성이 극히 희박하게 바뀌었기 때문이었다.

선발투수인 제이콥 디그롬의 빼어난 구위와 경기 후반에 출전 가능성이 높은 뉴욕 메츠 필승조의 면면을 감안하면 5점 차를 뒤집는 것은 거의 불가능에 가까웠다.

미겔 카브레라 감독 역시 이 사실을 알고 있기 때문일까.

그는 추가점을 올리기 위해서 7번 타자 아사메드 로사리오에게 희생번트 작전을 지시했다.

슈악.

틱.

아사메드 로사리오가 희생번트에 성공하면서 1사 3루로 바뀐 순간, 조 매팅리 감독이 마운드로 걸어 올라왔다.

"더 늦게 올라왔으면 욕할 뻔했다."

마운드를 방문한 조 매팅리 감독이 닉슨 페레이라에게서 공을 건네받은 순간, 이용운이 말했다.

'추가 실점을 하면 오늘 경기를 놓친다는 사실을 알고 있어.'

조 매팅리 감독은 경기의 판세를 정확하게 읽고 있었다. 그럼에도 불구하고 박건의 표정은 밝아지지 않았다.

'누굴 올릴까?'

닉슨 페레이라를 강판시킨 조 매팅리 감독이 마운드에 올릴
마땅한 투수가 없단 생각 때문이었다.

잠시 후, 박건이 두 눈을 빛냈다.

에디 라렌이 두 번째 투수로 마운드에 올라오는 모습을 확인
했기 때문이었다.

'오늘 경기를 포기한 게 아닐까?'

조 매팅리 감독이 두 번째 투수로 에디 라렌을 선택한 것을
확인하고 난 후, 박건이 머릿속으로 퍼뜩 떠올린 생각이었다.
그리고 박건이 이런 생각을 떠올린 이유는 에디 라렌의 경험이
한참 부족하기 때문이었다.

브라이언 모란과 잭 스튜어트.

두 선수가 전력에서 이탈한 후, 전력 공백을 메우기 위해
서 조 매팅리 감독은 마이너리그에서 두 명의 투수를 콜업
했다.

그 두 투수 중 한 명이 지금 마운드에 올라온 에디 라렌이었
다.

시즌 도중 콜업 된 에디 라렌은 메이저리그에서 단 한 경기
만 출전했다.

일찌감치 승부가 결정 난 경기 후반에 등판해서 1이닝을 던
진 것이 전부였다.

메이저리그 경험이 전무하다 해도 과언이 아닌 신인 투수.

'타이론 게레로나 릭 로셀소를 올리는 편이 낫지 않았을까?'

경험이 부족한 에디 라렌이 불안했다. 그래서 경험이 풍부한 타이론 게레로나 릭 로셀소를 지금 시점에 마운드에 올리는 것이 더 나은 선택이었다고 박건이 내심 판단하고 있을 때였다.

"모 아니면 도."

"……?"

"조 매팅리 감독의 선택은… 나쁘지 않다."

이용운의 의견은 박건과 달랐다.

지금 시점에 에디 라렌을 마운드에 올린 조 매팅리 감독의 선택이 나쁘지 않다고 평가했다.

'왜 에디 라렌을 마운드에 올린 것이 나쁘지 않은 선택이라는 거지?'

박건이 의문을 품었지만, 이용운은 그 의문을 해소해 주지 않았다.

"일단 좀 지켜보자."

1사 3루 상황에서 타석에 들어선 것은 뉴욕 메츠의 8번 타자인 후안 레이에스였다.

에디 라렌이 긴장한 기색으로 초구를 던졌다.

슈아악.

'실투!'

에디 라렌이 구사한 초구를 확인한 박건이 긴장했다.

포수의 미트는 바깥쪽 낮은 코스를 요구하고 있었지만, 에디 라렌의 직구는 한가운데로 날아들었기 때문이었다.

"스트라이크."

다행인 것은 후안 레이예스가 에디 라렌의 실투를 놓쳤다는 점이었다.

'운이 좋았어.'

박건이 안도했을 때, 에디 라렌이 2구를 던졌다.

슈악.

'빠졌다.'

에디 라렌이 던진 2구째 슬라이더는 스트라이크존을 벗어났다.

해서 볼이 될 거라고 판단했는데.

딱.

후안 레이예스가 배트를 휘둘렀다.

높이 솟구친 타구를 1루수가 파울존에서 잡아내며 에디 라렌은 첫 번째 아웃카운트를 잡아내는 데 성공했다.

'후안 레이예스가 도와준 셈이네.'

타석의 후안 레이예스가 성급하게 공략한 덕분에 에디 라렌은 손쉽게 아웃카운트를 하나 잡아낸 셈이었다.

1사 3루에서 2사 3루로 상황이 바뀐 덕분에 실점을 허용할 확률은 낮아져 있었다. 그러나 아직 안심하기는 일렀다.

여전히 안타가 나오면 추가 실점을 허용할 수밖에 없는 상황이었기 때문이었다.

다행인 점은 다음 타자가 투수인 제이콥 디그롬이라는 것이었다.

'승부해야 해.'

투수인 제이콥 디그롬을 상대로 승부를 해서 이닝을 마무리해야 하는 상황이었다.

에디 라렌도 같은 생각일까.

슈아악.

타석에 선 제이콥 디그롬을 상대로 에디 라렌이 던진 초구 직구는 바깥쪽 낮은 코스의 스트라이크존으로 파고들었다.

"스트라이크."

초구를 지켜본 제이콥 디그롬이 배트를 고쳐 쥐었다.

이어진 2구째 승부.

슈악.

에디 라렌의 손을 떠난 공은 제구가 마음먹은 대로 되지 않았다.

한가운데 높은 코스로 날아든 커브를 확인한 제이콥 디그롬이 힘껏 배트를 휘둘렀다.

딱.

박건이 좌중간으로 향하는 타구를 확인하고 빙글 몸을

돌렸다. 그리고 두세 걸음 정도 떼었을 때, 이용운이 급히
말했다.

"뭐 해?"

"……?"

"멀리 뻗지 않는다."

에디 라렌의 실투성 커브를 공략한 제이콥 디그룸의 배트는
매섭게 돌았다. 그래서 타구가 멀리 뻗을 거란 박건의 예상은
틀렸다.

이용운의 말처럼 에디 라렌의 타구는 멀리 뻗지 않았다.

다시 원래 수비위치로 돌아온 박건이 여유 있게 제이콥 디그
룸의 타구를 잡아내면서 이닝이 종료됐다.

'결과적으로… 성공했네.'

긴장한 탓일까.

박건이 지켜본 에디 라렌은 제구가 뜻대로 되지 않았다.

그로 인해 실투성 공을 둘씩이나 던졌지만, 다행히 그 실투
성 공들이 안타로 연결되지는 않았다.

덕분에 추가 실점을 하지 않은 채 이닝이 종료됐고.

"이제 내 차례네."

5회 초 마이애미 말린스의 공격.

첫 타자로 타석으로 향하던 박건이 관중석을 둘러보았다.

와아.

와아아.

뉴욕 메츠 홈 팬들의 환호성이 들렸기 때문이었다. 그리고 뉴욕 메츠 홈 팬들의 환호성은 박건을 위한 것이 아니었다.

마운드에 서 있는 제이콥 디그롬을 위한 것이었다.

4이닝 동안 퍼펙트게임을 펼친 팀의 에이스인 제이콥 디그롬이 호투를 이어나가도록 응원하고 있는 것이었다.

"꼭 후배를 동정하는 것처럼 느껴지는군."

그 환호성이 귓가로 파고든 순간, 첫 타석에서 범타로 물러난 후 이용운이 꺼냈던 말이 떠올랐다.

'날 동정했다는 거지?'

제이콥 디그롬을 위해서 환호성을 보내고 있는 뉴욕 메츠 홈 팬들에게 보여주고 싶었다.

난 동정의 대상이 아니라는 것을.

내게 야유를 보냈던 것이 성급했다는 것을

또 나를 팀에서 내보낸 것이 큰 실수라는 것을.

'유인구!'

대충 수 싸움을 마친 박건의 집중력이 최고조에 달한 순간, 제이콥 디그롬이 초구를 던졌다.

슈악.

그가 선택한 초구는 슬라이더.

바깥쪽 낮은 코스의 스트라이크존을 통과하는 제이콥 디그롬의 제구는 완벽에 가까웠다.

따악.

박건이 힘들이지 않고 배트를 휘둘렀다.

'제대로 걸렸다.'

정확한 타이밍에 배트 중심에 걸린 타구의 궤적을 박건이 눈으로 쫓았다.

원래라면 전력 질주를 펼치며 타구의 위치와 수비 상황을 살피는 것을 이용운에게 맡겼겠지만, 이번에는 그렇게 하지 않았다.

타석에 선 채로 라인드라이브성으로 날아가는 타구를 직접 살펴보았다.

'넘어갔다.'

뉴욕 메츠의 좌익수인 페테르 알론조가 열심히 쫓아갔지만, 박건의 타구는 펜스를 살짝 넘기고 떨어졌다.

탁.

그제야 박건이 배트를 내던지고 천천히 그라운드를 돌기 시작했다.

뉴욕 메츠 홈 팬들의 환호성이 사라지며 조용하게 변한 시티 필드에 그라운드를 도는 박건의 발소리만이 울려 퍼졌다.

*　　　　*　　　　*

2—4.

5회 초 박건의 솔로홈런에 이어서 커티스 그랜더슨의 백투백 홈런까지 터지면서 마이애미 말린스와 뉴욕 메츠의 격차를 2점으로 줄어들었다.

6회 말 뉴욕 메츠의 공격.

닉슨 페레이라에 이어서 두 번째 투수로 마운드에 오른 후, 1과 2/3이닝을 무실점으로 막아낸 에디 라렌이 난조에 빠졌다.

뉴욕 메츠의 중심타선인 로빈슨 카노와 윌슨 라모스에게 연속안타를 허용하며 무사 1, 2루의 위기에 처했다.

"타임."

그때, 조 매팅리 감독이 마운드를 방문했다. 그리고 조 매팅리 감독은 지난 경기들처럼 머뭇거리지 않고 빠르게 투수 교체를 단행했다.

'누구를 올릴까?'

박건의 눈에 로이 헨드릭스가 마운드로 걸어 올라오는 모습이 들어왔다.

'또… 예상이 빗나갔네.'

로이 헨드릭스를 세 번째 투수로 선택한 조 매팅리 감독의 선택.

박건의 예상을 또 한 번 빗나가게 만들었다.

경기가 후반으로 접어든 시점.

타이론 게레로와 릭 로셀소 중 한 명을 투입할 거란 예상과 달리, 조 매팅리 감독의 선택은 로이 헨드릭스였다.

로이 헨드릭스는 에디 라렌과 마찬가지로 얼마 전 메이저리그에 콜업 된 두 명의 불펜투수 가운데 한 명이었다.

역시 메이저리그 경험이 일천한 신인 투수.

'너무 위험한 선택이 아닐까?'

두 번째 투수로 에디 라렌을 선택한 것도 위험한 모험 수였다.

에디 라렌이 1과 2/3이닝 동안 무실점 투구를 펼친 것.

박건이 판단하기에는 운이 따랐기 때문이었다.

그렇지만 운이란 것은 계속 따르는 법이 아니었다.

역시 신인급 투수인 로이 헨드릭스 역시 에디 라렌처럼 무실점 호투를 펼칠 가능성은 높지 않았다.

'복권을 긁는 것과 마찬가지 아닐까?'

그로 인해 박건이 우려 섞인 시선을 던지고 있을 때, 이용운이 말했다.

"오늘 경기를 통해서 조 매팅리 감독에 대한 내 평가가 바뀌었다."

"어떻게 바뀌었단 겁니까?"

"배짱이 있는 편이다. 이런 상황에서 신인급 투수 두 명을 잇

따라 마운드에 올리는 선택을 내릴 수 있는 감독은 많지 않거
든."

이용운이 흡족한 목소리로 덧붙였다.

"조금 더 두고 보자."

『내 귀에 해설이 들려』 12권에 계속…